생텍쥐페리가 어린 왕자에 숨겨둔 비밀

중요한 것은 눈에 보이지 않는다

생텍쥐페리가 어린 왕자에 숨겨둔 비밀

중요한 것은 눈에 보이지 않는다

미타 마사히로 지음 | 한 유키코 옮김

참솔

어린 왕자!

지금까지 읽은 책이 적지 않지만, 너에게서처럼 커다란 감동을 받은 책은 많지 않았다.

그러기 때문에 네가 나한테는 단순한 책이 아니라 하나의 경전이라고 한대도

조금도 과장이 아닐 것 같다. 누가 나더러 지묵으로 된 한두 권의 책을 선택하라면 『화엄경』과

함께 선뜻 너를 고르겠다.

아, 이토록 네가 나를 흔드는 까닭은 어디에 있는 것일까.

그건 네 영혼이 너무도 아름답고 착하고 조금은 슬프기 때문이 아닐까.

사막이 아름다운 것은 어디엔가 샘물이 고여 있어서 그렇듯이.

- 법정, 「어린 왕자에게 보내는 편지」 중에서

차례

시작하는 글

『어린 왕자』는 아주 속 깊은 작품이다. 어린이를 위한 문체로 쓴 동화 같은
책이지만 거기에는 수많은 수수께끼가 숨어 있다. 그 수수께끼를 풀어내고
이 작품에 숨어 있는 본질을 밝혀내는 것이 이 책을 쓰는 목적이다.

"중요한 것은 눈에 보이지 않는다."

이것이 『어린 왕자』의 키워드이다. 하지만 눈에 보이지 않는 것이란 도대체
무엇일까?

『어린 왕자』에는 아름다운 그림이 실려 있고, 또 어린이를 위한 책으로
알려져 있기 때문에 대부분의 독자가 어렸을 때 읽었을 것이다. 그러나
『어린 왕자』는 어린이가 완전히 이해하기에는 어려운 작품이다. 중요한 것은
눈에 보이지 않는다고 해도 그 「중요한 것」이 무엇인지 모르는 독자가
많다는 뜻이다.

이 작품에는 뜻 깊은 생각이 숨어 있다. 매우 깊이 있는 철학이 작가가 보낸 메시지로 이 작품의 행간에 깔려 있다.

"사막이 아름다운 것은 어딘가에 우물을 감추고 있기 때문이지……."

이것은 작품 속에서 어린 왕자가 한 말이다.

"별들은 아름다워. 보이지 않는 한 송이 꽃 때문에……."

이것도 어린 왕자가 한 말이다.

어린 왕자는 고향인 별에서 아름다운 꽃과 만난다. 그러나 꽃은 성미가 까다롭고 버릇이 없어 어린 왕자는 진절머리를 낸다.

꽃을 만나기 전 왕자는 저물어 가는 석양에 타는 놀을 하루에 마흔세 번씩이나 바라볼 만큼 외로운 생활을 하였다. 그래서 꽃은 어린 왕자에게는 유일한 친구이자 애인이기도 했을 것이다.

그러나 안타깝게도 그 사실을 안 것은 어린 왕자가 긴 여행을 떠난 뒤였다.

왕자와 꽃의 만남과 이별은 「연애」의 본질을 우리에게 또렷하게 제시한다. 우리는 거기서 아름답고도 슬픈 「연애론」을 배울 수 있다.

그뿐이 아니다.

『어린 왕자』에는 우리의 삶 그 자체와 관련된 심오한 철학이 내재해 있다.

그렇다고 그것이 어렵기만한 이론은 아니다. 오히려 단순한 만큼 빛으로

충만한 것이다.

어렸을 때의 천진난만한 호기심과 꿈을 좇는 열정만 있으면 모든 신비한 수수께끼를 풀 수 있고, 『어린 왕자』라는 작품이 지닌 참된 매력을 느낄 수 있을 것이다. 생텍쥐페리의 속 깊은 철학을 이해하는 데 조금이나마 도움이 되기를 기대하면서 이 책을 쓴다.

이제 여러분의 눈에 보이지 않던 소중한 무엇이 꼭 보일 것이다. 그로 인해 여러분의 삶이 좀더 풍요로워질 가능성마저 있다.

1
중요한 것은 눈에 보이지 않는다

처음에 나는 「어린 왕자의 연애론」이란 제목으로 이 책을 쓰기 시작했다.

생텍쥐페리의 명작 『어린 왕자』 속에서 연애론이라 할 만한 부분을 뽑아

독자들에게 전하는 것이 애초의 목적이었다.

그러나 특별히 연애론이 아니어도 좋다. 인생론이라 해도 좋고, 존재론이라

해도 괜찮다. 도덕 · 윤리 · 철학 등 아주 뜻 깊은 것, 아주 중요한 것이

『어린 왕자』에 숨어 있기 때문이다.

숨어 있다고 표현한 것은 이 작품을 대충대충 읽는다면 이야기 속의 중요한

부분을 놓치기 쉽기 때문이다.

"중요한 것은 눈에 보이지 않는다."

이 말은 『어린 왕자』라는 작품에서 가장 핵심적인 표현이다.

눈에 보이지 않기 때문에 수박 겉핥기 식으로 읽어서는 도저히 그것을 찾아낼

수 없다. 지은이 앙투안 드 생텍쥐페리는 독자에게 설교할 생각으로 작품을 쓴

것이 결코 아니다. 강요하는 듯한 도덕관이나 인생을 살아가는 데 필요한

지혜와 같은 것이 눈에 띄게 드러나지도 않는다. 잘못하면 작가가 진심으로

말하고 싶은 아주 중요한 메시지를 독자가 놓칠 위험성이 매우 높다.

생텍쥐페리라는 작가의 고독한 생애, 특히 유년 시절과 관련하여 숨겨진 비밀을

밖으로 끌어내고, 그의 삶의 철학이나 세계관뿐만 아니라 가능하다면

연애론이라 할 수 있는 부분까지도 소개해 보려 한다. 어린이를 위한 동화라고

할 수 있는 책에서 그런 얘기까지 끌어낼 수 있을지는 일단 써보지 않으면

모르겠지만 말이다.

『어린 왕자』라는 작품은 이해하기 쉽지 않은 책이다. 읽기 편한 문장과 가슴을

푸근하게 하는 독특한 삽화. 그리고 독자의 가슴속에 깊이 파고드는 수수께끼

같은 말. 많은 독자가 어렸을 때 이 책을 읽고 강한 인상을 받았을 것이다.

그렇다면 이 작품은 정말 어린이를 위해 쓴 것일까?

문장은 읽기 쉽게 쓰여졌고 보기에도 흘려 버릴 것 같은 삽화가 그려져 있다.

거기에 왕자가 등장한다. 이런 점만 봐도 동화로서의 조건을 충분히 갖춘

책이라 할 수 있다. 하지만 이 작품을 읽고 어린이들이 충분히 이해할 수

있을지는 장담할 수 없다. 어른들도 쉽게 이해하기 힘든 아주 신비스럽고

수수께끼 같은 책이라 해야 할 것이다.

문장과 삽화만 보면 이 책은 충분히 동화다. 그러나 여기에 등장하는 왕자는 우리가 익히 보아온 동화에 나오는 왕자와는 사뭇 다르다.

동화에 등장하는 왕자는 말을 타고 있다. 여기저기를 돌아다니는 기사로 숲속을 헤매거나, 본의 아니게 개구리나 야수의 모습을 한 경우도 있지만 고향에는 자신의 성이 있고, 그곳에는 가족과 가신들이 왕자가 돌아오길 기다린다.

그러나 어린 왕자는 그렇지 않다. 그에게는 성은커녕 작은 혹성이 있을 뿐이다. 말도 없고 가족도 없다. 아주 이상한 왕자다.

생텍쥐페리는 왜 이렇게 이상한 왕자를 주인공으로 삼고 삽화가 들어간 동화 같은 글을 썼을까? 이 작품 속에서 작가는 독자에게 어떤 메시지를 전하려 했을까? 그의 수수께끼 같은 말투의 배경에 숨은 의도를 간파하면서 그 과정에서 작가의 철학이나 인생관, 그리고 연애를 비롯한 인간관계에 대한 생각을 읽어냄으로써, 생텍쥐페리가 『어린 왕자』에 숨겨 놓은 비밀을 차례로 밝혀 보자.

그러면 『어린 왕자』의 속 깊은 수수께끼가 하나둘 풀릴 것이다. 그래서 나는 애초의 의도를 바꾸어 지금과 같은 모습으로 이 책을 쓰기로 하였다.

그런데 나는 앞에서 『어린 왕자』라는 작품에는 아주 중요한 것이 숨어 있지만 대충 읽으면 전혀 알 수 없다고 했다.

지금 내가 쓰기 시작한 이 책을 끝까지 읽으면 눈에 보이지 않는 중요한 것이
무엇인지 알겠지만, 독자들 가운데에는 정말로 그렇게 중요한 것이 숨어 있는지
의심하는 이도 있을 것이다.

만약 작가가 말하고자 하는 내용을 독자에게 제대로 전달하지 못한다면 그것은
작가에게 아주 불행한 일이다. 그보다 하고 싶은 말을 전달하지 못한다는 것은
그의 표현 방식이 좋지 않기 때문이라고도 생각한다. 「페미나」상이나
「아카데미 프랑세즈」 소설대상이라는 유명한 문학상을 수상하고, 베스트셀러
작가가 된 생텍쥐페리 정도의 작가가 그런 문장을 썼을 리 없다고 생각하는
독자도 많을 것이다.

그러나 생텍쥐페리라는 사람은 조금 색다른 작가다. 도대체 그는 어떤
사람이었던가?

『어린 왕자』의 첫 페이지를 머릿속에 그려보면 조금은 알 수 있을 것이다.

모자 그림이 그려져 있다.

하지만 그것은 모자를 그린 그림이 아니다. 물론 『어린 왕자』를 읽은 독자라면
그 그림이 실제로 무엇을 나타내는지 안다.

그렇다. 모자로 보이는 것은 사실은 코끼리를 삼킨 「이무기」다.

현재 사용하는 프랑스의 50프랑 지폐에는 생텍쥐페리의 초상이 그려져 있다. 초상 옆에는 어린 왕자와 혹성이 단정하게 그려져 있고, 왼쪽 끝에 은화(빛을 비출 때 보이는 그림)를 넣은 부분(여기에도 생텍쥐페리의 초상이 있다)이 들어간 백지의 공백 부분 위쪽에는 작은 녹색 모자가 그려져 있다.

이 모자 그림은 지폐를 기울이고 빛에 비추는 각도를 바꾸면 이무기 속의 코끼리가 빛난다. 50프랑 지폐는 일본에서 말하면 나츠메 소세키의 초상이 들어 있는 1천 엔짜리처럼 아주 널리 쓰이는 지폐이기 때문에 모든 프랑스 사람이 이 그림에 친숙하고, 그것이 모자를 그린 그림이 아니라는 것도 잘 알고 있다.

그런데 여기서 「이무기」라고 했지만 이것은 나이토 아로 씨의 일본어 번역판(이와나미 쇼텐 발행)에서 쓰는 번역어다. 어쨌든 일본에서 번역 출판한 것은 이것밖에 없기 때문에 우리는 「이무기」라는 번역을 받아들일 수밖에 없다. 하지만 원서에는 「셀반 보아」, 그대로 옮기면 보아 구렁이, 또는 보아라는 구렁이라 번역된다.

내가 처음에 읽은 『어린 왕자』도 이와나미 쇼텐에서 나온 나이토 아로 씨의 번역이었기 때문에 「이무기」라는 단어로 읽었다. 그러다 고등학생 때 프랑스어를 독학하면서 사전을 뒤지며 원서를 읽다 「보아 구렁이」라고 써 있는 것을 발견했다. 「이무기」와는 전혀 다른 느낌이었다.

원래 번역이란 그런 것이다.

옮긴이 나이토 아로 씨가 이룬 최대의 공적은 『별나라 왕자』(일본어판에서는 『어린 왕자』를 이렇게 부른다)라는 제목을 붙인 것이다.

원제목은 『르 프티 프랭스(Le Petit Prince)』.

그대로 번역하면 『어린 왕자』다. 이것을 그대로 「어린 왕자」라고 하거나 「새끼 왕자」라고 번역했으면 이미지가 깨졌을 것이다.

역시 이 작품은 『별나라 왕자』가 아니면 안 된다.

영어의 초판에서는 그대로 『르 프티 프랭스』라는 제목으로 쓴다. 「프티」가 작다는 뜻이라는 것쯤은 우리도 잘 알고 있다. 「프랭스」는 발음만 다르고 철자는 영어의 프린스와 같기 때문에, 이 책이 처음으로 미국에서 출판되었을 때 미국의 어린이도 왕자가 나오는 이야기라는 것을 쉽게 알 수 있었다.

어쨌든 「별나라 왕자」라는 제목은 나이토 아로 씨의 탁월한 발명이다.

이 제목으로 일본 독자에게 『어린 왕자』가 아주 친근감 있고 로맨틱한 것이 되었기 때문이다.

하지만 문제도 있다. 이렇게 훌륭한 제목으로 번역한 것이 오히려 작품의 순수성을 제대로 전달하지 못할 수도 있다. 이 작품의 제목은 「어린」 왕자가 아니면 작품의 메시지를 명확히 전달하지 못할 수가 있다.

왜냐하면 그 부분에 지은이 생텍쥐페리의 분명한 의도가 담겨 있기 때문이다.

이 점에 대해서는 조금 뒤에 다시 언급하기로 하고, 원래 화제로 되돌아가자.

모자 그림과 관련한 문제 말이다.

작품의 첫 페이지에 모자 그림을 그린 것은 말할 것도 없이 지은이의 전략이다.

이것은 독자를 판별하기 위한 리트머스 시험지와 같은 것이다. 리트머스

시험지는 산성과 알칼리성을 판별하는 것이지만, 이 그림은 어른과 어린이를

구별하는 시금석 역할을 한다.

모자 그림만 보고 그 실제가 「보아 구렁이」라는 걸 알 수 있는 사람은 아마

아무도 없을 것이다. 그림을 자세히 보면 보아 구렁이의 눈이 그려져 있는 것을

발견할 수 있지만, 아주 작은 점으로 그렸기 때문에 이를 눈치챌 수 있는 사람은

거의 없을 것이다.

그러나 작가는 친절하게도 구렁이의 「알맹이(내부)」도 그렸다.

구렁이 속에 코끼리가 있는 그림.

모자 같은 겉모양과 「알맹이」 그림을 보고 재미있다고 느끼는 사람은

생텍쥐페리의 좋은 독자다. 재미있다고 느끼지 못하는 사람은 부디 책을 덮고

다른 것을 읽기 권한다. 서점에 서서 책을 읽는 사람이라면 책을 사지 않아도

된다. 지은이는 그것을 판별하는 시험으로 일부러 첫 장면에 모자 그림을 그린 것이다.

어른과 어린이!

그는 어린이만을 대상으로 삼았다. 정확히 말하면 어린이와 어른이 되었어도 어렸을 때의 감수성을 잃지 않은 어린이 같은 어른 말이다.

어른과 어린이의 차이에 대해 지은이는 아주 상세하게 묘사하였다.

이 작품에는 각 장마다 숫자가 붙어 있는데, 제4장 천문학자에 대한 설명의 뒷부분을 읽어보자.

어른들은 숫자를 좋아한다. 새로 사귄 친구 이야기를 할 때면 그들은 가장 중요한 것은 물어보는 적이 없다. "그 애 목소리는 어떻지? 그 앤 어떤 놀이를 좋아하니? 나비를 모으니?" 라는 말을 그들은 절대로 하지 않는다. "그 앤 몇 살이니? 형제는 몇이고? 몸무게는? 아버지 수입은 얼마야?" 하고 묻는다. 그제서야 그 친구가 어떤 사람인지 알게 된 줄로 생각하는 것이다. 만약 어른들에게 "창가에는 제라늄 화분이 있고 지붕에는 비둘기가 있는 장밋빛 벽돌집을 보았어요"라고 말하면 어른들은 그 집이 어떤 집인지 상상하지 못한다. 어른들에게는 "10만 프랑짜리 집을 보았어요"라고 말해야만 한다. 그러면 그제서야 그들은 "야, 정말 근사한 집이겠구나!"
하고 소리친다.

여기서 인용한 문장은 나이토 아로 씨의 번역문과 비교하면 격조 없고 너무
무미건조하다고 여길지 모른다. 나이토 씨의 번역은 모두 「입니다 · 습니다」로
끝나고, 의도적으로 동화 형식을 갖춘 채 이야기하고 있다. 일본에서 처음으로
출판했을 때 「이와나미 소년문고」 중 한 권에 속했기 때문에 독자를 어린이로
한정한 것이었다.
그러나 더 깊은 뜻을 읽으려면 어린이를 위한 이런 문체로는 간파하기 어려운
부분도 있다. 그래서 내가 쓰는 이 책에서는 제대로 번역하지 못했을지
모르지만 보다 원문에 충실하게 번역한 문장을 인용하려 한다.
원문에 충실하게 번역하면 어떤 글이 되는지 한 문장을 예로 들어 보겠다.
앞에서 인용한 부분의 바로 뒷구절이다.

나는 이 이야기를 동화 같은 식으로 시작하고 싶었다. 나는 이렇게 말하고
싶었다. "옛날에 자기보다 좀 클까 말까 한 혹성에서 살고 있는 어린 왕자가
있었는데 그는 친구를 갖고 싶었단다……." 이렇게 하면 인생을 이해하는

사람에겐 훨씬 더 진실한 느낌을 주었을 것이다.

이와 똑같은 부분이 나이토 아로 씨의 번역으로는 이렇게 되어 있다. 특히
마지막 부분에 주목하기 바란다.

> 나는 이 이야기를 동화 같은 식으로 시작하고 싶었습니다. 그리고 나는
> 이렇게 말하고 싶었습니다. "옛날 옛날에 한 왕자가 살고 있었습니다. 그
> 왕자는 자기보다 좀 클까 말까 한 별을 집으로 하고 있었습니다. 그리고
> 그는 친구를 하나 갖고 싶었답니다……."
> 이렇게 하면 물건 그 자체를, 사물 그 자체를 소중히 하는 사람에게는
> 이야기가 더 진실한 느낌을 주었을 것입니다.

어떤가? 역시 나이토 씨의 번역은 대단하다고 생각한다. 내가 「인생을 이해하는
사람」이라고 한 부분을 나이토 씨는 「물건 그 자체를, 사물 그 자체를 소중히
하는 사람」이라고 번역하였다.
이것은 아주 심혈을 기울인 끝에 뉘앙스를 잘 살린 훌륭한 번역이라 생각한다.
독자가 어린이인 경우 「인생을 이해하는 사람」이라고 하면 이해가 잘 되지 않을

것이다. 나이토 씨는 고민에 고민을 거듭한 끝에 드디어 이 표현을 생각해 낸 것이다.

원문에서는 이 부분이 「콩프랑드르 라 비」라 되어 있다. 「콩프랑드르」는 평상시에 흔히 쓰는 「안다」는 뜻이다. 「라 비」는 영어로는 「더 라이프」가 된다. 인생이라 해도 좋고 생활이라 해도 무방하다. 즉 산다는 뜻이다. 따라서 「산다는 것이 어떤 것인지 아는 사람」이라는 뜻으로 지은이는 이 표현을 썼을 것이다.

생텍쥐페리가 생각하기에 「아는 사람」이란 곧 「어린이」다. 거꾸로 말하면 「어른」은 「알지 못하는 사람」이 된다.

이렇게 정리해 보니 지은이의 인생관·세계관이 조금 보이기 시작하는 것 같다. 그런데 지금 내가 쓰는 이 책의 독자는 어떤 사람일까?

일단 표지나 제목을 보고 이 책을 손에 든 사람이라면 어른일 수도, 또는 어린이일 수도 있다. 그러나 어린 왕자에 관한 책이기 때문에 「알지 못하는 사람」은 아닐 것이다. 적어도 모자의 그림에 흥미를 느껴 『어린 왕자』를 끝까지 읽은 사람일 것이기 때문에 그냥 단지 나이만 먹은 어른이 아니라 「어른이 되어서도 어렸을 때의 감수성을 잃지 않은 어른」일 것이다.

말하자면 이렇다. 세상에는 「어린이」와 「어른」이라는 두 종류의 사람만 있는 것이 아니라, 그 사이에 「어른이 되어서도 어렸을 때의 감수성을 잃지 않은 어른」이라는 다른 종류의 사람이 있다. 생텍쥐페리는 바로 이런 독자를 원한 것이었다.

작품 속에서 지은이는 몇 번씩이나 「어린이」와 「어른」의 차이에 관해 언급하였지만, 가장 특징 있는 부분은 전철수(轉轍手에규이에 : 나이토 씨의 번역으로는 스위치맨)가 등장하는 제22장이다. 「에규이유」란 「바늘」 또는 「바늘 끝」이라는 뜻이지만 여기서는 철도 선로의 포인트를 말한다.

선로 분기점에는 포인트가 있다. 지금은 거의 모든 포인트가 자동으로 전환되지만 옛날에는 전철수가 포인트 곁에 서 있다가 열차가 지나갈 때마다 큰 수동 레버를 조작하여 포인트를 전환했다. 여기에 나오는 전철수도 그런 남자다.

"안녕." 어린 왕자가 말했다.

"안녕." 전철수가 말했다.

"여기서 뭘 하고 있어?" 어린 왕자가 물었다.

"천 명이 넘는 기차 손님들을 가려내고 있어. 그들을 싣고 가는 기차를 어느 때는 오른쪽으로, 어느 때는 왼쪽으로 보내는 거지." 전철수가 말했다.

불을 환히 밝힌 급행 열차 한 대가 천둥처럼 소리를 내며 조종실을
뒤흔들었다.

"저 사람은 몹시 바쁜가봐. 뭘 찾는 거지?" 어린 왕자가 물었다.

"기관사 자신도 모른단다." 전철수가 말했다.

그러자 반대 방향에서 두 번째 불을 밝힌 급행 열차가 기적을 울렸다.

"그들이 벌써 돌아오는 거야?" 어린 왕자가 물었다.

"아까 그 사람이 아니야. 서로 엇갈리는 거지."

"그들은 있던 곳에서 만족하지 못했나 보지?" 어린 왕자가 물었다.

"자기가 있는 곳에 만족해 하는 사람은 하나도 없어." 전철수가 말했다.

그러자 불을 밝힌 세 번째 급행 열차가 우렁차게 들어왔다.

"저 사람은 먼젓번 승객들을 쫓아가는 거야?" 어린 왕자가 물었다.

"그들은 아무것도 쫓지 않는단다." 전철수가 말했다. "그들은 안에서
잠들었거나 아니면 하품을 하고 있어. 오직 어린아이들만이 유리창에 코를
납작 대고 있을 뿐이지."

"어린아이들만이 자신이 뭘 찾는지를 알고 있어." 어린 왕자가 말했다.

"그들은 누더기 인형에 많은 시간을 허비하지. 그래서 인형은 그들에겐
아주 중요한 게 되거든. 그걸 빼앗아 가면 어린아이들은 울잖아……."

"아이들은 행복하군." 전철수가 말했다.

여기서도 「어른」과의 차이를 명쾌하게 분석해 놓았다.

생텍쥐페리가 『어린 왕자』를 쓴 것은 제2차 세계대전 때였지만, 오히려 현대 어른들이 여기에 나오는 「승객」과 아주 닮았다는 생각이 든다. 현대의 어른들은 비행기를 타겠지만.

참고로 비행장에서 비행기의 발착을 가르는 항공 관제관을 프랑스어로 「에규이유 뒤 시엘(하늘의 전철수)」이라고 하지만, 만약 초기 복엽기를 조종하던 생텍쥐페리가 1분 단위로 초대형 제트 여객기가 발착하는 지금의 비행장을 보면 뭐라고 말했을까.

하여간 어른들은 너무 바빠 늘 시간에 쫓기고 허둥지둥 뛰어다닌다.

한편 어린이들은 순진하게 창 밖을 보거나 인형을 갖고 논다.

순진한 것. 이것이야말로 『어린 왕자』의 좋은 독자가 되는 비결이다. 순진한 것이 「알고 있는 사람」의 조건이라 해도 지나친 말이 아니다.

「알지 못하는 사람」은 날마다 직장일이나 약속 시간 등 「숫자」에 짓눌린 일들 때문에 순진함을 버리게 된다.

"가장 중요한 것은 눈에 보이지 않는단다."

이것은 제21장에 나오는 여우의 대사다. 이 「중요한 것」이라는 말은 프랑스어로 「에성시엘」이라 한다. 영어로는 에센셜. 이 말은 「본질적인」이라는 형용사로도 쓰이지만 여기서는 명사로 「본질적인 것」이라는 뜻일 것이다.

눈에 보이지 않으면 어떻게 봐야 할까.

답은 마음에 있다. 마음으로 보는 것이다.

마음으로 보라 해도 어떻게 보느냐고 당황하는 사람은 바로 「어른」이다. 숫자로 설명하지 않으면 상상할 수 없는 사람이자, 일에 쫓기고 시간에 쫓기고 무엇을 찾는지도 모른 채 급행 열차를 타고 어디론가 급하게 달려가는 사람이다.

그런 「어른」은 모자가 나오는 첫 부분, 『어린 왕자』로 들어가는 입구에서부터 문전박대 당한다.

생텍쥐페리는 처음부터 독자층을 한정짓는다. 어른이 되어서도 어릴 때의 감수성을 잃지 않은 어른. 산다는 것이 무엇인지 아는 사람. 눈으로가 아니라 마음으로 본질적인 것을 보려는 사람.

그 이외의 사람은 이해해 주지 않아도 된다. 그런 마음이 지은이의 가슴속에 있었을 것이다.

물론 그런 마음은 어떤 작가에게나 있다. 이 글을 쓰는 나 역시 작가이기 때문에 공감할 수 있는 부분이 있지만, 생텍쥐페리의 성장 과정이나 작가로서의 생활을 보면 아마 보통 작가들보다 더 분명한 선을 긋고 독자를 고르는 경향이 있었을 것이라 짐작된다.

생텍쥐페리는 그냥 작가가 아니다. 작가이기 전에 그는 비행기 조종사였다. 작가로 유명해진 뒤에도 예비역 병사로 탐색기를 조종하거나 자가용 비행기로 레이스에 출현하는 등 언제나 조종사로 남기를 원했다. 그리고 이생에서의 그의 마지막 역할도 조종사로서였다.

비행기 조종사.

안타깝게도 나는 비행기를 조종할 줄 모른다. 그냥 상상할 수밖에 없지만 조종사는 아주 고독한 직업이 아닐까 생각해 본다.

초대형 제트 여객기면 조종사가 두 사람일 뿐만 아니라 다른 승무원도 있다. 그러나 생텍쥐페리가 조종한 것은 20세기 전반의 비행기다. 물론 프로펠러기였고 특히 초기의 것은 날개가 상하에 있는 복엽기로 기체의 일부에는 천이 덮여 있었다. 승무원이 두 사람인 경우도 있었지만 생텍쥐페리는 주로 우편용 비행기를 조종했기 때문에 짐을 가득 싣고 혼자 조종할 때가 많았다.

항공로는 주로 프랑스에서 스페인의 남해안을 따라 지브롤터로. 거기서 지중해를 건너 아프리카 북해안에 갔다. 처음에는 모로코의 카사블랑카가

종점이었지만 나중에는 항공로를 연장해 아프리카 서해안을 따라 다카르로 향하였다. 다카르는 사막을 횡단하는 사륜 구동차 랠리로 유명하지만 비행기로도 사막을 횡단한다.

생텍쥐페리는 또 남미의 우편용 비행기에도 탔다. 그때는 광대한 삼림을 횡단하고, 거기서 더 나아가서 안데스 산맥을 넘었다.

혼자 사막이나 산맥을 횡단하는 것은 얼마나 고독한 일일까? 단지 혼자 조종하는 것만이 고독한 일은 아니다. 당시의 비행기는 아주 초보적인 것이었기 때문에 자주 사고를 일으켰다. 실제로 생텍쥐페리는 몇 번씩이나 큰 부상을 입는 사고를 경험했고, 사막 한가운데에 불시착한 적도 있다.

지금도 비행기 사고는 가끔 일어나지만 전 세계에 항공 노선이 발달한 현재의 비행기는 아주 안전하게 설계되어 있다. 그렇기 때문에 비행기 조종사라는 직업은 그렇게 위험하지도 않고 높은 임금을 받을 수 있는 사회적 지위가 높은 직업이 되었다.

그러나 당시의 조종사는 사정이 전혀 달랐다. 상업 항공사업이라는 것이 시작된 지 얼마 안 되었을 때였고, 게다가 승객을 실어 나르는 것이 아니라 아프리카나 남미 지역으로 우편물을 옮기는 일이었다. 그렇기 때문에 위험성이 높은 반면 돈을 잘 버는 사업도 아니었고, 사회에서의 인지도도 매우 낮았다. 그런 일을 떠맡아 하는 이들은 죽음을 두려워하지 않는 깡패 같은 사람이 아닐까 하는 오해도 있었던 듯하다. 유럽의 보수적인 사람들은 새로운 것에 대해 대체로 부정적인 반응을 보이곤 했다.

물론 아프리카나 남미에서는 조종사가 영웅이었지만 또 작가로서 생텍쥐페리의 이름을 일약 유명하게 만든 『야간 비행』이 미국에서 베스트셀러가 된 점을 봐도 미국 사람들에게는 조종사라는 직업이 마치 현재의 F1 레이서나 우주 비행사를 대하는 것만큼 존경하고 동경하는 마음을 가졌던 모양이다.

생텍쥐페리는 작가가 된 뒤에도 고독했다. 조종사 동료들은 갑자기 작가로 유명해진 생텍쥐페리를 냉정하게 대했다. 무명 인사로 묵묵히 작업에 열중하면서 비행사라는 위험천만한 일에 생명을 거는 그런 직업을 가진 조종사들은 보람과 자존심을 가지고 있었다. 그런 무명 조종사들 가운데에서 혼자 유명 인사가 된 생텍쥐페리는 그들 처지에서 보면 배신자였고, 남의 눈에 띄는 것을 좋아하는 잘난 체하는 거만한 사람이 되어 버린 것이다.

문단의 작가들 역시 조종사라는 기술자 출신의 생텍쥐페리를 백안시하였다. 비행기 이야기밖에 쓰지 못하는 사람을 참된 작가로 인정할 수 없기 때문에 생텍쥐페리를 같은 작가의 반열에 올려놓으려 하지 않았다.

특히 『어린 왕자』를 썼을 때 생텍쥐페리는 절망적인 처지였다. 고국 프랑스가 나치 독일의 침략을 받아 거의 모든 국토가 점령당한 비상사태에 놓였다. 그 직전까지 예비군에 있던 생텍쥐페리도 다시 소집되어 정찰기를 타고 전쟁터를 시찰하였다. 독일군의 침략 상황과 어디로 피난가야 할지 몰라 갈팡질팡하는 사람들의 모습을 저공비행의 조종기에서 자세히 내려다보았다. 끝내 프랑스가 항복하고 국내에 머물던 프랑스군은 제대로 기능하지 못했다. 생텍쥐페리에게는 고향을 버릴 생각이 없었지만 고국을 구하기 위해서는 미국의 참전에 기대를 걸 수밖에 없다는 판단을 내렸다. 그는 이미 미국에서는 유명 인사가 아니던가. 그래서 고생 끝에 미국으로 건너가 워싱턴 정부에 제언하고 또 언론을 통해 호소하는 등 미국의 지원을 요구했다.

그러나 미국의 참전은 늦었다. 그래서 생텍쥐페리는 익숙하지 않은 이국 땅에서 오랫동안 체류할 수밖에 없었다. 영어도 제대로 못하는 그에게 미국 생활은 편치 않았다. 무엇보다 조종사를 천직으로 여기는 그에게 조종을 못한다는 것은 아주 괴로운 일이었을 것이다.

더더욱 미국에서 체류하는 프랑스 사람들은 고국이 어떤 입장을 취해야 하는지에 대한 의견 대립으로 내분이 일어나서 논쟁을 거듭하다 싸움까지 하곤 했다. 그런 항쟁과 소동에 말려드는 일도 그에게는 우울한 일이었다.

뿐만 아니라 조종사 동료 대부분이 전사한 것도 그를 우울하게 만든 요인의
하나가 되었다. 생텍쥐페리는 프랑스 민중의 비참한 상황도 목격했다. 그런
처지에 있던 그의 눈에는 미국 사람 자체가 만사에 태평하고 사치스러운
국민으로 비쳤다. 생텍쥐페리는 자신이 있을 곳이 아니라는 생각에 그의 생활은
불안함과 우울함의 연속이었다. 말이 통하지 않는 이국에서의 생활은
참담하기까지 했다.

그런 와중에 마침 미국의 한 출판사에서 동화를 써달라는 제의가 들어왔다.
생텍쥐페리는 이전부터 어린 왕자의 이미지를 머릿속에 그려온 모양이었다.
그는 쾌히 승낙하고 집필에 몰두했다. 색연필과 수채 물감을 사서 스스로
삽화까지 그릴 만큼.

대체 작가는 무엇을 위해 작품을 쓰는 것일까? 작가도 직업 중 하나이기 때문에
돈을 위해 작품을 쓰는 사람이 없는 것은 아니다. 그러나 작가 생텍쥐페리는
글쓰기를 직업으로 한 사람이 아니었다. 자신은 죽을 때까지 조종사라 생각했기
때문에 삶을 위해 작품을 쓴다는 것은 그에겐 있을 수 없는 일이었다.

동화를 집필할 때도 그 일로 돈을 벌거나 동화 작가로서 명성을 얻을 생각은
추호도 없었을 것이다. 아이들에게 사랑받는다는 것도 안중에 없었을 것이다.
그것은 「어린 왕자」라는 원제를 봐도 알 수 있다.

이 제목은 기존의 동화(옛날 이야기)라는 개념에 대한 과감한 도전이었다.

컨트 드 회. 요정 이야기. 영어로는 페어리 테일(fairy tale)이라는 요정

이야기는 중세에 음유 시인들이 이야기한 아서왕 전설과 관련한 로맨스에서

나온 것이다. 아서왕 전설은 처음에 아서왕만의 이야기였으나 사람의 입에서

입으로 전해지면서 첫째로 아서왕의 왕비와 연애관계를 가진 기사 랜슬럿의

이야기, 그리고 성배(聖杯) 전설로도 유명한 파르치발 등의 기사가 주인공이

되는 이야기로 끊임없이 보태졌다.

아서왕에게는 원탁의 기사라고 불리는 150명의 부하가 있었다. 기사는 한

지방을 지배하는 사람으로 중앙 정부에서 보면 왕의 가신에 지나지 않지만

자기의 영토로 돌아가면 왕이다. 젊은 아서왕 곁에는 각지에서 온 왕자들이

가신이 되었다. 150명의 기사들은 각각 영토로 돌아가기 전 숲속에서 요괴나

마법사와 싸우며 기사로 성장한다. 그리고 마지막에 고향에 돌아가면 훌륭한

왕의 자격을 갖춘 자로 인정받는다.

이것이 로맨스의 기본형이다. 기사가 모험을 거듭하면서 성장한다고 하면

괴물과 싸우며 점수를 따는 컴퓨터 게임이 떠오른다. 우리가 잘 아는

〈파이널 환타지〉와 〈드래곤 쿠에스트〉는 이야기 구조(내러티브 스트럭처)라고

하는 로맨스의 기본을 그대로 따르고 있다. 그리고 SF영화 〈스타워즈〉도 상황

설정이 미래일 뿐 로맨스의 기본대로 이야기가 이어진다.

「숲속을 편력하는 기사」라는 이야기 구조는 유럽 각지에 있던 전설과

연결되면서 새로운 종류의 이야기를 탄생시켰다. 그것이 요정 이야기다.

백설공주가 독이 든 사과를 먹고 잠에서 깨어나지 못할 때 갑자기 숲속에서

나타난 백마를 탄 왕자. 그 왕자가 어디서 왔느냐 하면 숲속의 편력의 기사라는

로맨스 세계에서 온 것이다.

그러나 왕자와 결혼하면 행복할 것이라는 생각은 실은 「어른」의 가치관이

아닐까? 생텍쥐페리는 그런 동화를 쓸 생각이 눈곱만큼도 없었다. 동화에는

백마를 탄 왕자가 등장한다는 고정관념을 깨고 편력의 기사와는 전혀 다른

「왕자」를 등장시킨 것이다.

그것은 기존의 「동화」에 대한 일종의 패러디라 해도 좋고 도전이라 해도 좋은

과감한 시도였다. 그래서 일부러 「어린 왕자」라는 제목을 붙인 것이다.

「별나라 왕자」라는 로맨틱한 제목으로는 지은이의 의도가 제대로 전달되지

못할 수도 있다. 이렇게 멋있는 제목으로는 지은이의 메시지가 충분히 전달되지

않는다고 내가 앞서 지적한 것도 바로 이런 이유 때문이다.

출판사에서 의뢰를 받고 시작한 일이기는 하지만 생텍쥐페리는 처음부터

일반적인 동화를 쓸 생각이 없었다. 틀에 박힌 형식이나 종류에 구속받지 않고

자신의 어린 시절을 되돌아보면서 단순하고도 직선적으로 메시지를 전달하려 했다.

생텍쥐페리는 쓰고 싶은 것을 다 썼다. 그뿐이었다. 어린이처럼 순진하게 쓰기보다는 자신의 내부에 있는 순진함을 더 확대하고 오로지 순수한 세계를 구축할 생각으로 상상의 세계에 빠져 있었을 것이다.

그렇기 때문에 독자를 즐겁게 하거나 독자에게 이해를 구하려는 생각은 아예 처음부터 없었고, 다만 세상에서 고립된 자신만의 세계, 생텍쥐페리의 독특한 감성을 표현하는 일을 제1의 목적으로 『어린 왕자』라는 글을 쓴 것이었다.

이 작품은 어린이를 위해 쓴 것이 아니다. 오히려 작가 자신의 잃어버린 시절에 대한 그리움을 담고 작가의 마음속에 있는 순진하고 순수한 이미지를 그대로 표현한 것이다. 그래서 어린이들에게는 아주 어려운 작품이 되어 버렸다.

많은 독자가 어렸을 때 이 작품을 읽었을 것이다. 잘 이해하지 못했다는 느낌을 지울 수 없다면 바로 이런 이유에서였다고 생각하면 된다.

중요한 것은 눈에 보이지 않는다. 어른에게 보이지 않는 것은 어린이에게도 보이지 않는다. 눈으로 보는 것이 아니라 마음으로 보지 않으면 「본질」이 보이지 않는다. 그러나 마음으로 본다는 것은 아주 어려운 일이다. 어른은 물론 어린이들도 쉽게 할 수 있는 일이 아니다.

더 가까이 생텍쥐페리에게 다가가고 「어른이 되어서도 어렸을 때의 감수성을 잃지 않은 어른」이 되어야 한다.

그런 마음을 가지고 『어린 왕자』를 처음부터 다시 한번 읽어보도록 하자.

2
어린 왕자는 어디에서 왔을까

중요한 것은 눈에 보이지 않는다

시작하기 전에 먼저 여러분에게 묻고 싶다.

어린 왕자는 어디에서 왔을까?

내가 하고 싶은 질문은 바로 이것이다.

그런 뻔한 것을 묻지 않아도 여러분은 이미 알지 모르겠다. 『어린 왕자』에 왕자의 고향이 작은 혹성이라고 명백히 써 있기 때문이다.

어떤 혹성인지는 삽화를 보면 한눈에 알 수 있다. 지름이 어린 왕자 키의 세 배 정도밖에 되지 않는 아주 작은 별이다. 거기에 혹처럼 생긴 활화산이 있고 잡초 같은 꽃이 드문드문 피어 있는, 별로 아름답다고 할 수 없는 별이다.

여기서 「별」이라는 단어를 썼지만 프랑스어로 혹성은 플라넷이라 하고 대개 별(에트왈)과 구별된다. 별에는 또 다른 명칭이 있다. 천체(아스틀)라는 말인데 소혹성에는 작은 천체라는 뜻으로 아스테로이드라고 한다.

왕자의 고향은 아스테로이드 B-612라고 지은이가 지정해 놓았다.

그러나 이 별은 천문학 전문 용어이기 때문에 그냥 소혹성에서 왔다고 해도

좋을 것이다.

그러나 정말로 그럴까?

나는 이의를 제기하고 싶다. 첫째로 별의 지름이 왕자 키의 세 배 정도라는

부분에 의문을 가진다. 이 정도 크기의 소혹성에서는 중력으로 공기를

유지한다는 것이 불가능하다. 소혹성이라는 것은 운석과 같은 금속이나 세라믹

계통의 암석, 아니면 얼음덩어리로 이루어져 있기 때문에 꽃이 핀다는 것은

상상조차 할 수 없는 일이다. 게다가 화산이 분화한다는 것은 생각도 못할

일이다.

이렇게 말하면 생텍쥐페리가 꺼리는 「어른」의 어조와 똑같다고 생각할 것이다.

물론 나는 일부러 이런 말투로 이의를 제기하는 것이다.

동화이기 때문에 무슨 일이 일어나도 되지 않느냐고 하면 할말이 없지만 앞서

말한 것처럼 생텍쥐페리는 처음부터 동화를 쓸 생각이 없었다.

지은이는 아스테로이드라는 천문학 전문 용어를 쓸 만큼 과학적 지식도 가지고

있다. 그 당시의 조종사는 사막에 불시착했을 때를 대비해 고장이 나면 스스로

고칠 수 있는 기술력을 갖추고 있었다. 그렇지 않으면 목숨을 잃을 우려가 있기

때문이었다. 실제로 생텍쥐페리는 비행기의 계기반에 관한 특허를 받을 만큼 기술자로서의 재능도 뛰어났다.

과학적 지식이 풍부한 지은이가 왜 지름이 자기 키의 세 배밖에 안 되는 별에서 살고 있는 어린 왕자라는 황당무계한 설정을 했을까? 그 점을 좇다 보면 『어린 왕자』라는 신비스런 작품의 비밀을 풀 수 있는 열쇠가 보이지 않을까?

다시 한번 여러분에게 묻는다. 어린 왕자는 어디에서 왔을까?

나는 공기도 없는 아스테로이드에서 왔다고는 생각지 않는다. 그러면 어디에서 왔을까. 대답은 이 장의 조금 뒷부분에서 밝히도록 하겠다.

그 전에 또 하나 다른 질문을 해보자.

어쩌면 아주 복잡한 문제일지도 모르지만 깊이 생각해 보기 바란다.

그렇다면 과연 주인공은 누구일까?

당연히 어린 왕자라고 대답할 것이다.

그러나 어린 왕자만큼 중요한 등장인물이 또 있다.

말할 것도 없이 이 작품은 1인칭으로 이야기를 진행하기 때문에 처음에 「이야기꾼」이 등장한다.

모자의 문제를 제기한 사람이 그 이야기꾼이다.

이 작품에서 가장 인상적인 수사법은 "이것은 모자가 아니다"는 부분일 것이다.

그리고 수많은 삽화 중에서 가장 뚜렷한 이미지도 이 모자처럼 보이는
「이무기」의 겉모습 그림이라 해도 좋을 것이다.

어찌됐든 작품의 시작 부분을 읽어 보자.

여섯 살 적에 나는 「체험한 이야기」라는 제목의, 원시림에 관한 책에서

기막힌 그림 하나를 본 적이 있다. 맹수를 집어삼키는 보아 구렁이가 그려진

그림이었다. 위의 그림은 그것을 옮겨 그린 것이다.

그 책에는 이렇게 쓰여 있었다. "보아 구렁이는 먹이를 씹지도 않고 통째로

집어삼킨다. 그러고는 꼼짝도 하지 못하고 여섯 달 동안 잠을 자면서 그것을

소화시킨다."

나는 그래서 밀림 속에서의 모험에 대해 한참 생각한 끝에 색연필을 가지고

내 나름대로 내 생애 첫번째 그림을 그려 보았다. 나의 그림 제1호였다.

그것은 이런 그림이었다.

이렇게 해서 그 유명한 모자 그림이 탄생한다.

이야기꾼인 「나」는 이 「최고의 걸작」을 어른들에게 보여준다. 그리고 이 그림이

무섭지 않느냐고 물어보지만 어른들의 대답은 시큰둥했다. "모자가 뭐가

무섭다는 거니?" 그래서 여섯 살 먹은 소년은 보아 구렁이의 뱃속에 코끼리가
들어 있는 두 번째 그림을 그리지만, 그것을 본 어른들은 그런 것은 아무렇든
상관없이 지리 · 역사 · 산수 · 문법을 공부하라고만 한다.

작품 도입부에 해당하는 이 부분에 한해 말하면 주인공은 틀림없이
이 이야기꾼이다. 이야기꾼은 보통 어른이 아니다. 오히려 그런 어른을
혐오하는 인물이다.

그런데도 이 소년은 어른이 말하는 대로 지리 · 역사 · 산수 · 문법을 공부한다.
그리고 비행기 조종법을 배우고 조종사(프랑스어로 필롯트라고 발음한다)가
된다.

지은이인 생텍쥐페리의 직업도 조종사였다. 이 점으로 미루어 이 이야기꾼은
지은이와 같은 인물이라 생각해도 될 것이다. 일본 문학에서 말하는 사소설에
아주 가까운 설정이라 할 수 있다.

그러면 다음과 같은 부분도 생텍쥐페리 자신의 경험이 아닌가 하는 생각이
든다.

조금 총명해 보이는 사람을 만날 때면 나는 늘 간직해 오던 예의 나의 그림
제1호를 가지고 그 사람을 시험해 보고는 했다. 그 사람이 정말로 뭘 이해할

줄 아는 사람인가 알고 싶은 것이었다. 그러나 으레 그 사람은 "모자군"

하고 대답하는 것이었다. 그러면 나는 보아 구렁이도 원시림도 별들도

그에게 이야기해 주지 않았다. 그가 이해할 수 있는 이야기만 했다.

브리지니 골프니 정치니 넥타이니 하는 것들과 관련한 이야기들 말이다.

그러면 그 어른은 매우 착실한 한 청년을 알게 되었다고 몹시 기뻐했다.

자신의 경험대로가 아니라 해도 그럭저럭 비슷하게 생텍쥐페리는 어른이

되었을 것이다. 아니면 어른의 흉내를 내고 어른들 사이에 끼여들었다고 해야

할지 모르겠다.

그러나 결국 그는 보통 어른이 될 수 없었다. 영업 사원이나 사무원이 되고

결혼한 뒤 가정을 꾸리면 아침부터 저녁까지 계속 어른 흉내를 내야 한다. 그런

것을 싫어했기 때문에 생텍쥐페리는 조종사라는 직업을 택한 것이었다.

즉 완벽하게 어른이 될 수 없는 사람, 언제까지나 모자 그림을 고집하는 아이의

감수성을 완전히 버리지 못한 사람, 그가 바로 생텍쥐페리다.

그렇기 때문에 제2장의 시작 부분도 역시 지은이의 경험을 그대로 썼을 것이라

생각한다.

그래서 여섯 해 전 사하라 사막에서 비행기가 고장을 일으킬 때까지 나는 마음을 털어놓고 진정어린 대화를 나눌 만한 상대를 만나지 못한 채 홀로 살아왔다. 내 비행기의 모터가 한 군데 부서진 것이다. 기사도 승객도 없었으므로 나는 혼자 어려운 수리를 해보려는 채비를 했다. 그것은 나에게는 죽느냐 사느냐의 문제였다. 일주일 동안 마실 물밖에 남아 있지 않았다.

여기서 사막에 불시착했다는 이야기가 나오는데 이것은 생텍쥐페리의 체험이다. 『어린 왕자』를 출판한 것은 1943년 4월이었지만 그 전해의 크리스마스 전에 간행할 예정이던 것이 집필이 늦어지는 바람에 이듬해로 연기되었다. 이미 다시 집필하기 시작한 것은 그 1년 정도 전일 것이다. 지은이가 1941년 말에 집필을 시작했다면 꼭 그 6년 전인 1935년 12월에 생텍쥐페리는 사막에서 사고를 일으켰다. 프랑스 수도 파리에서 당시 프랑스의 식민지인 베트남의 수도 사이공까지 이어지는 내구(耐久) 레이스에 참가한 생텍쥐페리는 상금 15만 프랑 획득을 목표로 아프리카 상공에 접어들었을 때 모래 언덕과 부딪치고 만 것이다.
단 사고를 일으킨 곳은 사하라 사막이 아니라 리비아 사막이었고, 생텍쥐페리는

혼자가 아니라 정비사가 함께 타고 있었다. 그러나 마실 물이 없던 것은

사실이었다. 정비사와 함께 사막을 헤매고 다닌 생텍쥐페리는 3일 뒤

기적적으로 아랍인 대상을 만났다. 아랍인은 차를 가지고 있는 스위스 사람이

있는 데까지 두 사람을 데려다 주었다.

그때는 그야말로 죽기 일보 직전이었지만 정비사와 함께 있었기 때문에 그래도

나은 편이었다. 생텍쥐페리는 이와 달리 사막 한가운데에서 혼자가 된 적도

있었다. 1927년의 일이었다. 생텍쥐페리는 1900년에 태어났기 때문에 연대의

아래 두 숫자가 그의 나이가 된다. 즉 27세 때의 일이다.

전해에 우편전문 항공회사에 입사하고 툴루즈—카사블랑카 사이의 비행

업무를 담당하던 생텍쥐페리는 반 년 뒤 카사블랑카—다카르 노선의 담당을

명령받았다. 사하라 사막을 넘는 코스였기 때문에 경험이 풍부한 조종사와 둘이

지리를 배우기 전 시범 비행을 했다. 그때 비행기가 사막에 불시착한 것이다.

마침 그 부근에 우편물을 운반하는 정기편이 비행하고 있었기 때문에 불시착한

비행기를 발견하고 곧 사막으로 내려왔다. 그러나 정기편은 짐을 가득 싣고

있었기 때문에 두 사람을 함께 구출할 수 없어 같이 탔던 조종사만 태우고

날아갔다(일설로는 불시착한 비행기를 지키기 위해 남기고 갔다고 한다). 그런

이유로 27세던 그는 짐 운반을 끝낸 비행기가 되돌아올 때까지 홀로 사막

한가운데에 쓸쓸히 남겨졌다.

그때의 경험이 『어린 왕자』 이미지의 뿌리가 되었다고 생각한다.

사막 한가운데에 남겨졌을 때 그는 도대체 어떤 느낌이 들었을까?

나는 사막에 가본 적도 없기 때문에 그냥 상상할 수밖에 없지만 광대한 사막과

끝없이 펼쳐진 밤하늘. 하늘에 가득한 별. 그런 곳에서 하룻밤을 지내면

외롭기는 하지만 어떻게 보면 기분이 상쾌하지 않을까 하는 생각이 든다.

사람의 흔적조차 있을 리 없는 사막 한가운데에서 문득 소년의 목소리가

들린다는 발상도 거기서 떠올랐을 것이다.

여기서 아까 인용한 문장을 생각해 보기 바란다. "여섯 해 전 사하라 사막에서

비행기가 고장날 때까지 나는 마음을 털어놓고 진정어린 대화를 나눌 만한

상대를 만나지 못한 채 홀로 살아왔다"는 구절 말이다. 사막에 불시착했기

때문에 혼자가 되었다는 것이 아니다. 「사막에서 조난당했을 때까지」는 혼자

지내왔다고 지은이는 말한다.

말할 것도 없이 『어린 왕자』 속의 문맥으로는 이야기꾼이 사막 한가운데에서

어린 왕자를 만나 고독한 마음이 치유된다는 게 당연한 듯하지만, 나는

이 문장을 읽고 있으면 지은이의 마음속에 있는 가장 큰 고독을 알 수 있을 것

같다.

이렇게 생각해 보면 어떨까?

태어났을 때부터 어른이 될 때까지 진정한 친구를 만나지 못한 고독한 사람이
사막에서 사고당하고 혼자 하룻밤을 지새우게 되었을 때, 자신을 둘러싼 광대한
공간과 주체할 수 없는 시간 속에서 그는 문득 소년 시절이 떠오른 것이다.
그리고 그는 또 하나의 자신과 상상 속에서 대화를 시작한다.
예를 들어 이렇게……

    첫날밤 나는 사람 사는 고장에서 수천 마일 떨어진 사막에서 잠이 들었다.
    대양 한가운데에 떠 있는 뗏목 위의 표류자보다 나는 더 고립되어 있었다.
    그러나 해가 뜰 무렵, 야릇한 목소리가 나를 깨웠을 때 내가 얼마나
    놀랐을지 여러분은 상상할 수 있을 것이다. 그 목소리는 말했다.
    "양을 한 마리 그려 줘."
    "뭐라구?"
    "양 한 마리를 그려 줘."

아무도 있을 리 없는 사막 한가운데에서 소리가 들렸기 때문에 당연히 깜짝
놀랄 만한 일이다. 그래서 이야기꾼인 「나」는 후다닥 일어나서 놀라운 나머지

눈을 막 비볐다.

이 부분이 어린 왕자가 처음으로 등장하는 장면이다.

만약 이것이 소설이었다면 지은이는 문장력을 발휘해 등장인물을 묘사해야 하지만 이 작품은 삽화가 들어간 책이기 때문에 여기서는 한 쪽 가득 왕자의 초상이 실려 있다.

여담이지만 『어린 왕자』는 당초 미국에서 출판하고 제2차 세계대전이 끝난 뒤 프랑스의 갈리마르에서 프랑스어판으로 출판했다. 이와나미 쇼텐에서 나온 일본어판은 갈리마르의 삽화를 사용하였지만 초판인 미국판이 지은이가 그린 그림의 색조에 가깝다는 이유로 미국판 삽화를 사용한 새로운 판이 최근 같은 출판사에서 출간되었다(문장은 나이토 아로 씨의 번역을 그대로 썼지만 삽화의 레이아웃이 더 원판에 가까워졌다).

신판과 구판을 비교할 때 가장 눈에 띄는 것은 왕자의 초상화다.

내가 가지고 있는 갈리마르판과 비교하면 왕자가 입은 망토(외투)의 색깔이 갈리마르판에서는 엷은 남색인 데 비해 신판은 엷은 녹색이다. 망토의 안감도 붉은 자주색이던 것이 선명한 빨간색으로 바뀌었다. 단 이와나미 쇼텐의 구판에서 망토는 엷은 남색, 안감은 빨간색이었다. 그러나 색조 따위는 아무래도 상관없다.

중요한 것은 이 그림이 그냥 단순 삽화가 아니라는 점이다. 지은이인 생텍쥐페리 자신이 색연필과 수채 물감으로 직접 그린 것은 물론 지은이 자신이 그린 그냥 그림이 아니라는 점에도 주목해야 한다.

이 그림은 작품의 첫 부분에 나오는 모자 그림의 작가, 즉 이 작품의 이야기꾼이 그렸다고 설정되어 있다.

눈을 막 비비고 사방을 잘 살펴보았다. 그랬더니 정말 이상하게 생긴 조그만 사내아이가 나를 심각한 얼굴로 바라보는 것이었다. 상대방도 이 쪽을 진지하게 바라보고 있었다. 그를 그린 그림 중에서 가장 잘 된 것이 여기 있다. 먼 훗날에 드디어 그려 완성한 것이다. 그러나 물론 내 그림은 모델보다는 훨씬 덜 매력적이다. 그것은 내 잘못이 아니다. 여섯 살 적에 어른들이 화가로서의 재질이 보이지 않는다고 나를 낙심시켰기 때문에 나는 속이 보이지 않거나 보이거나 하는 보아 구렁이 이외에는 아무것도 그리는 연습을 하지 않았으니까 말이다.

다소 머리가 혼란스러울지도 모르지만 일단 이쯤에서 정리해 보자. 여기에 실린 한 쪽 가득히 그려진 왕자의 초상화는 생텍쥐페리가 그린 것이다. 그러나 작품

속에서는 「이야기꾼」이 그린 초상화로 되어 있다.

일본에서 나오는 사소설이나 자서전·논픽션의 체험기처럼 지은이와

이야기꾼이 동일 인물이라면 아무 문제도 없지만, 이 작품이 사소설이나

자서전, 논픽션이 아니라는 것은 분명하다.

왜냐하면 사막 한가운데에서 소리가 들린다는 것 자체가 현실적이지 않고, 그

목소리의 주인이 공기가 존재할 리 없는 소혹성에서 왔다고 하면 더욱더

비현실적이기 때문이다. 사소설이나 자서전·논픽션에서 그린 세계는

현실세계여야 한다. 물론 다소 과장이 있다 하더라도 할 수 없지만

거짓말이라면 거짓말답게 어떻게든 진짜처럼 쓸 필요가 있다.

그러나 이 그림은 한눈에 거짓이라 할 수 있는 그림이다.

그림을 잘 보라. 이 그림은 무언가 이상하다. 다른 쪽에 나와 있는 그림을 보라.

왕자의 옷은 어떻게 봐도 다르다.

제2장에 실린 왕자의 초상화는 백마를 그리지는 않았을지언정 옷은 중세의

기사들이 걸치고 다녔음직한 망토에, 어울리지도 않는 장화, 손에는 검,

어깨에는 별 모양의 장식물까지, 아주 화사한 모습이다.

다른 쪽에 나오는 왕자는 잠옷이나 스포츠복 같은 평상복 차림이다. 목에는

목도리 같은 것을 두르고 있다. 다만 표지에 나오는 왕자만 입고 있는 것은

같지만 목도리가 아니라 나비 넥타이 같은 것을 매고 있다.

이것이 말하자면 왕자의 정장일 것이다.

그래서 제2장의 초상화는 현실적인 그림이 아니다.

합리적으로 해석하면 이렇다. "먼 훗날에 드디어 완성한 것이다"는 부분이 포인트다.

사막에서 사고가 일어난 지 6년 뒤에 이야기꾼이 이 이야기를 하기 때문에 이 초상화를 그린 것도 6년 뒤가 된다. 한편 바로 뒤에 나오는 양 그림은 6년 전 사고 당시 바로 그때 그린 것이다. 왜냐하면 왕자가 그 그림을 보고 말을 하고 있기 때문이다.

대부분의 삽화가 6년 전 사막에서 그린 것으로 설정되어 있지만 망토를 입은 왕자의 초상화만은 6년 뒤에 그린 것이다.

이 그림은 백마가 있으면 바로 말에 뛰어 올라타 백설공주를 구하러 갈 수 있는 옷차림으로 그려져 있다. 바로 로맨스나 동화에 나오는 왕자 타입이다. 확실히 왕자의 이 모습은 환상 속의 것이다.

6년 뒤 이야기꾼인 조종사가 이 이야기를 하려 했을 때 이런 왕자의 이미지가 머릿속에 떠올랐을 것이다. 이야기꾼은 어딘가에 있는 소혹성에서 온 잠옷 같은 것을 입은 신통찮은 모습을 한 소년을 「왕자」로 이야기하려 한 것이다. 그래서 일부러 한 장만 자못 왕자다운 모습으로 그렸다.

그리고 이때 처음으로 이야기꾼은 소년을 「어린 왕자」라 부르기로 했다.

6년 전 사고 당시 이야기꾼은 소년을 「왕자」라고 하지 않았다. 앞에서 인용한
부분을 다시 한번 읽어보자.

소리가 들려 처음에 소년의 모습을 보았을 때 이야기꾼은 내 번역으로는
「자그만 사내아이」로 소년을 받아들였다. 나이토 아로 씨의 번역으로는
「도련님」이 되어 있다. 원어 「프티 본 옴므」를 번역하면 「조그만 착한 남자」라는
뜻이지만 그냥 「남자」 또는 「사람」을 좀더 그럴듯하게 말할 때 쓰는 말이기
때문에 도련님이라는 표현은 아주 분위기에 맞게 쓴 훌륭한 번역이라 생각한다.
사고 당시에는 이야기꾼이 왕자에 대해 한번도 「왕자」라고 부르지 않는다.
「도련님」이라 부르거나 아니면 「자네」라고 부른다.

즉 어린 왕자라 부른 것은 6년 뒤의 회상 속에서만 나타나는 표현이다. 6년 뒤
그때 이야기꾼은 과거를 떠올리는 데 미묘한 변화가 일어났다고 할 수 있을
것이다.

그러면 작품 속에서 「어린 왕자」라는 표현은 어떤 부분에서 처음 등장했을까?
프티 프랭스. 어린 왕자라는 말이 처음 나온 것은 제2장의 마지막 부분이다.

"양 한 마리를 그려 줘."

이렇게 말하고 등장한 소년과의 사이에 양 그림을 둘러싼 대화가 있다.

처음에 이야기꾼은 자신이 그림 따위는 그릴 수 없다고 말하고 늘 지니고

다니는 여섯 살 때 그린 모자 그림을 보여주지만 소년은 아무렇지도 않은 듯이

이렇게 말한다.

"아냐, 아냐, 보아 구렁이 속의 코끼리는 싫어. 보아 구렁이는 아주 위험해.

그리고 코끼리는 아주 거추장스럽고. 내가 사는 곳은 아주 조그맣거든.

내게는 양이 필요해. 양을 그려 줘."

이야기꾼은 놀라워한다. 모자 그림을 보여주기만 했는데도 소년은 보아 구렁이

속에 코끼리가 들어 있다는 것을 단숨에 안다. 아마 이야기꾼(생텍쥐페리

자신이라 생각해도 될 것이다)은 태어나서 처음으로 마음과 마음이 통하는

친구를 만난 기분이 들었을 것이다. 당연하다. 이 소년은 소년 시절의

생텍쥐페리 자신이기 때문에.

친구가 부탁하는데 응하지 않을 수 없다. 그래서 이야기꾼은 양을 그리려

해보지만 어쨌든 여섯 살 때 모자 그림을 그린 뒤 거의 그림을 그린 적이 없었기

때문에 좀처럼 잘 그리지 못한다. 몇 장이나 실패작을 그린 이야기꾼은 급기야

화가 나서 양이 든 상자만을 그린다.

그러자 소년은 상자 속을 들여다보고 자신의 상상력으로 양을 바라보며 매우

만족해 한다. 그 부분을 인용해 본다.

나는 모터의 분해를 서둘러야 했으므로 더 이상 참지 못하고 여기 있는 이

그림을 되는 대로 끄적거리고는 그림을 내던졌다.

"그건 상자야. 네가 원하는 양은 그 안에 있어."

그러나 나의 어린 심판관의 얼굴이 환히 밝아지는 것을 보고 나는 새삼

놀라지 않을 수 없었다.

"이게 바로 내가 원하던 거야! 이 양에게 풀을 많이 주어야 해?"

"왜 그런 걸 묻지?"

"내가 사는 곳은 아주 작거든……."

"거기 있는 걸로 아마 충분할 거다. 네게 준 건 아주 작은 양이니까."

그는 고개를 숙여 그림을 들여다보았다.

"그다지 작지도 않은걸. 어머! 잠들었네……."

이렇게 해서 나는 어린 왕자를 알게 되었다.

여기서 드디어 「어린 왕자」라는 말이 등장한다.

이 단계에서는 아직 왕자의 고향인 별에 대해 밝히지 않았다. 왕자가 살고 있는 별이 그의 키의 세 배 정도라는 것, 활화산의 폭발, 바오밥나무의 씨가 날아와서 고생하고 있다는 것은 나중에 밝힌다.

자, 여기서 처음에 한 질문으로 되돌아가 보다.

어린 왕자는 어디에서 왔을까?

답은 이제 알 것이다.

작품 속에서는 왕자가 소혹성에서 온 것으로 되어 있지만 생텍쥐페리의 마음속에 어린 소년의 이미지를 심은 것은 자신의 과거에 대한 기억에서 출발한다.

어린 왕자는 작가의 과거에서 왔다.

생텍쥐페리는 어렸을 때 프로방스의 작은 성에서 살았다. 생텍쥐페리는 밝은 금발머리 소년이었고 모든 사람은 그를 「태양의 왕자」라 불렀다. 곧 이 소년은 소년 시절의 앙투안 드 생텍쥐페리 자신이다.

생텍쥐페리는 아버지 쪽도 어머니 쪽도 모두 귀족이었다. 그러나 20세기의 귀족은 비참했다. 아버지 쪽은 이미 자산을 잃었고 어머니 쪽은 프로방스에 성이 있기는 했으나 그리 풍요롭지는 못했다. 4세 때 아버지를 여의고 7세

때에는 성의 소유자인 외할아버지가 돌아가셔서 그 뒤에는 궁핍한 생활이

계속되었다.

순진한 소년 시절이 끝나고 나니 일가의 삶이 어렵다는 것을 피부로 느낄 수

있었다. 생텍쥐페리 자신도 직장을 찾아 노동해야 하는 처지에 놓인 것이다.

싫어도 어쩔 수 없이 사람과 어울려야 하고 땀과 기름이 범벅이 된 채 일해야

했다. 행복했던 소년 시절은 두 번 다시 돌아오지 않았다.

게다가 더 큰 불행이 그를 기다리고 있었다.

독일이 프랑스를 점령한 것이다.

아름다운 소년 시절의 추억이 가득한 고향이 사라질지도 몰랐다. 고향에서 멀리

떨어진 미국에서 지은이는 이 작품을 썼다. 프랑스는 멀고, 소년 시절의 추억

역시 멀었다. 그런 생각을 하면서 지은이는 이 작품을 썼을 것이다.

그것에 대해서는 다음 부분을 읽으면 여러분도 충분히 감지할 수 있을 것이다.

제6장의 전체 문장을 인용하겠다. 이 장에서 지은이(곧 이 작품의 이야기꾼이라

할 수 있지만)는 어린 왕자에 대해 직접 이야기하고 있다.

아! 어린 왕자, 너의 쓸쓸하고 단순한 생활을 이렇게 해서 조금씩 조금씩

알게 되었지. 너에게는 오랫동안 심심풀이라고는 해질녘의 감미로움밖에

없었지. 나흘째 되는 날 아침, 나는 새로운 사실을 알았지. 네가 내게 이렇게
말했거든.

"나는 해질 무렵을 좋아해. 해지는 걸 보러 가······."

"기다려야지······."

"뭘 기다리지?"

"해가 지길 기다려야지."

너는 처음에는 몹시 놀란 듯한 표정이었지만 곧 자기 말이 우스운 듯 웃음을
터뜨렸지. 그러고는 나에게 말했지.

"아직도 내 별에 있는 것만 같거든!"

실제로 그럴 수도 있는 일이었다. 모두들 알고 있듯이 미국에서 정오일 때
프랑스에서는 해가 진다. 프랑스에 1분 만에 달려갈 수만 있다면 해가 지는
광경을 볼 수 있을 것이다. 그러나 불행히도 프랑스는 너무 멀리 떨어진
곳에 있다. 그러나 너의 조그만 별에서는 의자를 몇 발짝 뒤로 물리기만
하면 되었지. 그래서 언제나 원할 때면 너는 석양을 바라볼 수 있었지······.

"어느 날 나는 해가 지는 걸 마흔세 번이나 보았어!"

그러고는 잠시 후 너는 다시 말했지.

"몹시 슬플 때는 해지는 풍경을 좋아하지······."

"마흔세 번 본 날 그럼 너는 몹시 슬펐겠구나?"

그러나 어린 왕자는 대답이 없었다.

어떨까? 왕자의 멜랑콜리(우수)와 동시에 지은이의 가슴아픈 우수가 이 글을
읽는 우리에게도 고스란히 전해지는 것 같지 않은가.

"프랑스에 1분 만에 달려갈 수만 있다면"이라는 부분에 고향에서 멀리 떨어진
지은이의 마음이 그대로 묘사되어 있다. 그래서 "불행히도 프랑스는 너무 멀리
떨어진 곳에 있다"는 아무렇지도 않은 듯한 표현을 보면 통절한 느낌이 든다.

아마 소년 시절의 생텍쥐페리도 아름다운 프로방스의 석양을 바라보는 것이
무엇보다 큰 기분 전환이 되었을 것이다. 물론 소년 시절의 생텍쥐페리는
하루에 몇 번씩 석양을 보지는 못했지만 추억 속에서 그는 몇 번씩 소년 시절에
본 석양 풍경을 회상했을 것이다.

마흔세 번이라는 숫자는 무의미한 것이 아니다. 『어린 왕자』의 초판이 나온
것이 1943년이다.

즉 생텍쥐페리의 마흔세 번째 생일이 돌아오는 해인 것이다.

3
작품을 쓰기까지의 생텍쥐페리는?

「어린 왕자」가 지은이의 소년 시절에서 왔다면 왕자에 대해 자세히 알기

위해서는 생텍쥐페리라는 작가의 성장과정이나 어렸을 때의 생활 등 그의 소년

시절에 대해 자세히 알아둘 필요가 있다.

왜냐하면 생텍쥐페리의 성장과정이 우리 같은 일반인의 인생과 비교하면 아주

특이한 것이기 때문이다.

앙투안 드 생텍쥐페리는 1900년 6월 29일에 프랑스 중심에 있는 대도시

리옹에서 태어났다. 그의 부모는 양쪽 다 귀족 출신이었다.

아버지 장 드 생텍쥐페리는 백작이었지만 영지도 성도 없었고 그의 아버지가

창립한 보험회사의 리옹 지사를 담당하는 일반 회사원이었다.

외할아버지 샤를 드 퐁스콜롱브 남작은 프로방스 지방의 생 토로페 부근에

라 몰이라는 큰 성의 주인이었기 때문에 어느 정도의 영지를 갖고 있었다.

생택쥐페리의 어머니인 마리는 리옹의 여학교에 다니기 위해 백숙모 드 토리코 백작부인의 저택에 살았는데 그때 부인의 먼 친척인 장과 만났다.

드 토리코 부인은 마리를 딸처럼 예뻐했다. 부인은 스위스 국경과 가까운 산악지대에 있는 생 모리스 드 레망 성의 주인이었기 때문에 그 성에서 결혼식을 했다. 그곳은 알프스에 연결되는 피서지였기 때문에 마리와 아이들도 여름 동안은 그 성에서 살곤 했던 모양이다.

신혼생활이 시작되었다. 딸, 딸, 아들, 아들, 딸이라는 순서로 다섯 아이들이 태어났다. 앙투안은 세 번째로 태어난 장남이었다. 즉 위에 누나가 둘, 밑에 남동생과 여동생이 있었다. 불행하게도 여동생이 태어난 해에 아버지 장이 세상을 떠났다. 앙투안이 네 살 되던 해였다.

수입이 없던 일가는 외가인 라 몰 성으로 이사한다. 그 성은 매우 경치가 아름다운 프로방스 지방에 있었고 기차를 타고 생 토로페 해안으로도 갈 수 있었다. 코트 다쥐르라는 남프랑스 해안이다. 거기서 앙투안은 자유로운 유년 시절을 지냈지만 또다시 불행이 닥쳤다. 외할아버지가 세상을 떠나 그 성을 나갈 수밖에 없게 된 것이다. 앙투안이 일곱 살 나던 때 일이다.

일가족은 다시 리옹의 드 토리코 백작부인 저택으로 거처를 옮긴다. 리옹 시내에 있는 부인의 아파트에서 살기도 했지만 이제 아버지도 없었기 때문에 일가는 거의 모든 시간을 생 모리스 성에서 보냈다. 앙투안은 아홉 살 나던 해 아버지 쪽 친척이 있는 르 망의 성십자가 학원에 입학하고 기숙사에서 살았는데 방학 때는 생 모리스로 돌아왔다.

어쨌든 앙투안 드 생텍쥐페리는 소년 시절의 대부분을 라 몰 성과 생 모리스 성에서 보냈다.

유럽의 성에서 산다는 건 우리로서는 상상도 할 수 없는 일이지만(생 모리스 성은 일본 하코네시 센고쿠하라에 있는 「어린 왕자 박물관」에 복원되어 있다), 성 주변은 풍요로운 자연적 조건을 갖추었다. 소년 앙투안에게는 천국 같은 곳이었을 것이다.

그러나 그곳에서의 생활은 어딘지 정상적이지 못했다. 아버지가 계셨더라면 엄격한 질서 속에서 컸을 텐데 문학과 예술을 좋아한 어머니는 아이들을 자유 분방하게 키웠다.

아버지가 없고 세상에서 격리된 생활. 누나와 동생들이 있었기 때문에 외롭지는 않았지만 르 망의 기숙사에 들어가기 전에는 학교도 다니지 않고 친구도 없었다. 그렇기 때문에 남과 어울리는 법을 어렸을 때부터 제대로 배우지 못했다.

성 안에서 앙투안은 「태양의 왕자」였다. 어머니는 큰아들인 그를 무조건적으로 사랑함으로써 결과적으로는 아주 제멋대인 소년으로 성장했다.

앙투안에게는 타고난 풍부한 감수성과 또 눈에 보이는 모든 것을 쉽게 지나치지
않고 호기심을 갖는 습성이 있었다. 어릴 때부터 특이한 재능을 발휘하고
어머니를 즐겁게 해주었다. 그래서인지 어머니는 그를 더 응석받이로 키웠다.
재능이 있는 것은 사실이었지만 남과 쉽게 사귀지도 못하고 자신을
「왕자」쯤으로 생각하고 제멋대로인 앙투안에게 엄격한 기숙사 생활은 참기
힘들었을 것이다. 학교생활에 적응하지 못하고 학우들과도 잘 어울리지 못해
몇 번씩이나 전학해야 했다.

마지막으로 스위스에 있는 기숙사 학교에 자리잡았지만 그곳은 호화로운
시설에, 많은 돈을 더 내면 거실에서 생활할 수도 있었다. 앙투안은 어머니에게
거실을 쓸 수 있도록 간곡히 부탁하고 결국 거실에서 생활했다.

스위스에 있는 이 학교에서 앙투안은 문학을 접하게 된다. 혼자 책을 읽고
상상의 세계에 빠지는 습관이 생기고 독서를 많이 했으나, 이런 것은 실제
생활에 적응하지 못하고 오히려 더욱더 고독하게 만들었다.

어머니에게는 수입이 없었다. 그러나 돈을 빌려와 아들의 편안한 생활을 위해
무진 애를 썼을 것이다. 어머니가 이렇게 무턱대고 사랑한 덕에 앙투안은
더욱더 고독해졌다.

학교 기숙사는 그렇다치더라도 나중에 군대에 갔을 때에도 앙투안은 병사생활이 힘들어 어머니에게 편지를 보내어 병사 가까운 곳에 방을 마련해 달라고 했다.

물론 군인이었기 때문에 밤에는 병사로 돌아가야 했지만 그는 아주 짧은 자유시간만이라도 단 혼자가 될 수 있는 방을 갖고 싶다고 아주 절실하게 느낀 것이었다. 즉 그에게는 자유시간에 동료 병사들과 함께 지내는 일마저 무척 힘들었고, 혼자 책을 읽거나 상상의 세계에 빠지기 위해 자신만의 성과 같은 개인용 공간이 필요했다.

이렇게 버릇없는 아들의 요구에 응하는 그의 어머니도 정상적이지 않았지만 그녀는 앙투안이 고독을 사랑하고 상상 속에 잘 빠지는 습성이 있다는 것을 잘 알았기 때문에 사랑하는 아들에게 개인 방을 마련해 주지 않을 수 없었을 것이다. 개인 방은 그에게는 성이자 어린 왕자의 고향인 혹성과 같았을 것이다. 친구가 없는 외로운 소년이라기보다 고독을 사랑하는 사람, 그것이 바로 앙투안 드 생텍쥐페리가 아니었을까?

고독을 사랑하고 남과 어울리기를 꺼리는 생텍쥐페리에게 꿈과 같은 직업이 있었다. 그것이 바로 비행기 조종사였다.

20세기는 비행기의 세기라 해도 지나친 말이 아니다. 라이트 형제가 첫 비행을

한 것이 1903년의 일이었다. 1909년에는 프랑스인 루이 브레리오가

영불(英佛)해협 횡단에 성공했다. 이때부터 비행기는 급속히 실용성이 뛰어난

수송기관으로 인정받기 시작했다. 생텍쥐페리가 비행기에 관심을 가진 것도

이때쯤이었다.

이미 그가 르 망에 있는 학교에 다닐 때 라이트 형제가 이 땅을 방문해 영웅으로

대환영을 받는 일이 있었다. 지금으로 말하면 달에 간 우주 비행사가 온 것이나

마찬가지이기 때문에 소년들은 으레 하늘에 깊은 관심을 가졌을 것이다.

또 생텍쥐페리에게는 운명적인 상황이 있었다. 알프스의 생 모리스 성에서

6킬로미터 정도 떨어진 곳에 비행장이 있었던 것이다. 아직 실험과 시행 단계에

있던 비행기의 실물을 가까운 곳에서 볼 수 있었다는 것이 넓은 하늘을 동경해

온 소년에게는 더없이 행복한 시간이었을 것이다.

여름 방학 때 생 모리스 성에 돌아간 생텍쥐페리는 날마다 자전거를 타고

(대부분 여동생을 짐받이에 태우고) 비행기를 보러 갔다.

날마다 비행장에 놀러오는 소년의 모습이 정비사들의 눈에 띄었다.

생텍쥐페리는 그들과 친해져 비행기와 부품을 직접 만져봐도 된다는 허락을

받았을 뿐만 아니라 드디어 1912년(생텍쥐페리는 열두 살이었다)

가브리엘 우로프레우스키 살베스(우리나라에서 번역된 『어린 왕자』, 『장미의 기억』

등에는 베드린느라고 되어 있다)라는 비행사가 조종하는 비행기에 함께 탈 수

있었다.

지금으로 말하면 이것은 아이들이 스페이스 셔틀에 탄 것과 같은 믿을 수 없는

일이었다.

1917년 아주 큰 슬픔이 생텍쥐페리에게 닥쳤다. 유일한 남동생 프랑수아가

병으로 세상을 떠난 것이었다. 남과 잘 어울리지 못하고 친구도 없는

생텍쥐페리에게 쌍둥이처럼 지내온 두 살 어린 남동생의 죽음은 유일한 친구를

잃어버린 느낌이었을 것이다. 프로방스와 알프스의 풍부한 자연에 둘러싸인

성에서 함께 지내온 남동생은 그리움과 함께 과거 이야기를 할 수 있는 유일한

친구였을 것이다.

바칼로레아(고등학교 졸업 자격 시험)에 합격한 생텍쥐페리는 파리로 나가

해병학교에 입학하기 위해 수험 공부를 시작한다. 그러나 파리는 유혹이 많은

곳이었다. 가난했지만 귀족 집안이기 때문에 살롱에 초대를 받는 등 상류층과

어울려 문학이나 미술 · 음악과 관련한 이야기를 나누는 사이 수험에 필요한

지리 · 역사 · 수학 · 문법 등의 공부에 소홀해졌다. 네 가지 과목은

『어린 왕자』에서 모자 그림에 대해 이야기하는 부분의 바로 뒤에 나오는

어른들이 공부하라고 충고한 과목이다.

수험 공부는 어른이 되기 위한 첫걸음이기도 했다. 그러나 제대로 공부하지
않은 생텍쥐페리는 두 번씩이나 수험에서 떨어졌다. 해병학교는 일종의
엘리트를 키우는 곳이었기 때문에 입시 레벨이 아주 높았다. 생텍쥐페리는 특히
지리를 잘하지 못해서 그런지 『어린 왕자』에서 지리학자를 희화화해서 그렸다.
해병학교는 해군사관을 양성하는 곳이기 때문에 연령제한이 있어 몇 년씩
재수할 수 없었다. 생텍쥐페리는 할 수 없이 미술학교의 건축과에 입학했다.
그러나 열심히 공부하는 것도 아니고 여전히 귀족의 살롱에 출입했다. 나중에
생텍쥐페리의 책을 낸 가스통 갈리마르나 추천의 글을 써준 작가 앙드레 지드도
그때 알게 되었다.

1921년, 즉 21세 때 병역의무 때문에 생텍쥐페리는 스트라스부르에 있는
제2항공연대에 입대했다. 사관을 육성하는 해병학교의 수험에 실패했기 때문에
이등병에서 출발해야 했다. 스트라스부르에 배치된 것은 본인이 희망해서
허가받은 것이었지만 이등병이 조종사가 될 수는 없었다. 지상근무 훈련과
작업은 단순하고 지루하기 그지없었다.

앞에서 말한 바와 같이 생텍쥐페리는 어머니에게 부탁해 병사 가까운 곳에
아파트를 마련하고 자유시간에는 개인 방에서 지냈다. 취침시간까지는 병사에
돌아가야 했으므로 그에게 허락된 시간은 5시에서부터 9시까지로 짧은

시간이었지만 그 시간만큼은 고독한 성 안에 혼자 있을 수 있었다. 아파트 월세는 가난한 어머니에게는 큰 부담이었을 것이다. 그러나 그런 어머니에게 그는 또 어마어마한 요구를 했다.

스트라스부르 비행장은 민간과 공용으로 동부공수회사라는 민간기업이 유람 비행을 하며 그럭저럭 영업을 하고 있었다. 생텍쥐페리는 회사에 부탁해 비행기 조종을 연습했다. 물론 그러기 위해서는 어마어마한 비용이 필요했다. 대단한 어머니도 바로 비용을 내는 것은 망설였지만 버릇없는 아들의 집요한 요구에 두손을 들고 말았다.

여기에는 재미있는 에피소드가 있다. 이야기가 실제 이상으로 과장되었을 수도 있으니까 그 점을 감안해 들어주기 바란다. 교관이 함께 탄 짧은 훈련을 받은 상태에서 생텍쥐페리는 혼자 비행기를 조종하고 싶어 허가도 받지 않은 채 제멋대로 비행기를 타고 넓은 하늘로 날아갔다. 그러나 하늘로 날아오르자 그때서야 착륙하는 법을 아직 배우지 않았다는 사실을 깨달았다.

개그 만화에 나오는 이야기 같지만 많은 전기 작가가 언급한 것으로 보아 각색은 되었지만 에피소드의 근거가 된 사건은 있었을 것이다. 이때 생텍쥐페리는 비행기를 망가뜨리고 말았지만 그 뒤에도 몇 번 사고를 일으켰다. 발명한 지 얼마 안 된 당시 비행기에도 내구성에 문제가 있었을 테지만 생텍쥐페리의 조종도 그리 훌륭한 것은 아니었을 것이다.

큰돈을 투자해 비행기 조종을 배운 덕에 생텍쥐페리는 지상근무에서 아프리카 북쪽 해안에 있는 모로코에 조종사로 배치되었다. 실제로 배치될 때까지 사막의 하늘을 나는 것을 동경한 생텍쥐페리였지만 그의 상상 속 사막은 야자나무 등이 즐비하고 오아시스가 있는 멋진 풍경이었다. 그러나 실제 사막은 끝없이 펼쳐진 모래밖에 없는 곳이었다. 생텍쥐페리는 이 풍경에 바로 진절머리가 났다.

그러나 생텍쥐페리는 사막 하늘을 계속 날았다. 그것이 군무였기 때문이기도 하지만 정해진 비행시간에 도달하면 정식으로 민간용 비행 면허를 딸 수 있었기 때문이다.

연말에 면허를 딴 그는 이듬해인 1922년 1월에 남프랑스 이스틀에 있는 훈련소에 파견되어 훈련을 받고 군용 비행기의 면허를 취득함과 동시에 하사로 승진했다. 또 아볼 기지에서 훈련받고 10월에는 예비소위에 임관했다.

해군학교 입시에 실패하여 간부후보생이 되는 길이 막히고 이등병에서 시작한 생텍쥐페리였으나 비행기에 대한 열정이 결실을 맺어 짧은 시간에 예비소위까지 승진하여 사관후보생이 되었다.

순조로운 출세에 방심했던지 이듬해 1월 르 부르제 비행장에서 아크로바트 비행을 시행할 때 실수로 지상에 충돌하는 바람에 두개골이 깨지는 중상을

입었다. 혼수상태에서 기적적으로 깨어났으나 그 뒤에도 어지럼증 등
후유증으로 무척 고생했다.

그럭저럭 지내는 사이 3월에 제대하고 생텍쥐페리는 다시 파리의 살롱에
다니기 시작한다.

그리고 사랑에 빠진다.

상대는 루이즈 드 빌모랭이라는 이름을 가진 명문 귀족의 딸이었다. 그가
군대에 들어가기 전에 안 사람이었지만 다시 만나면서 단숨에 정열적인 사랑에
빠지고 그들은 바로 약혼했다. 그러나 상대는 명문 귀족이다. 같은 귀족이라
해도 생텍쥐페리 집안과는 가문이 다를 뿐 아니라 당시의 생텍쥐페리에게는
재산도 직장도 아무것도 없었다.

생텍쥐페리는 공군 시절의 연고를 이용해 다시 군대에 속하든지 아니면 민간
비행회사에 취직해 조종사 일을 계속하고 싶었지만 그녀의 부모는 조종사 같은
위험하고 또 사회적 지위도 낮은 직업을 가진 젊은이에게 딸을 줄 수 없다고
크게 반대했다.

그래서 그는 조종사가 되는 꿈을 접고 벽돌과 타일을 만드는 회사의 사무원으로
취직했다. 아침부터 밤까지 숫자만 바라보고 장부를 기입하는
『어린 왕자』의 세계에서는 혐오하는 대상에 지나지 않는 「어른」 흉내를 내며

1년을 보냈다. 그러나 거기까지가 한계였다.

그 다음에 생텍쥐페리가 선택한 것은 트럭 판매원이었다. 단조로운 사무직에서

벗어나 자유로워지고 싶다고 간절히 바라고 있어서였을 것이다. 비행기

면허증을 가진 그는 기계에 대한 지식이 풍부해 자신감이 넘쳤다. 비행기의

정비와 수리를 할 수 있을 정도였기 때문에 트럭의 구조를 배우는 것 역시 아주

간단했다. 충분한 상품 지식만 있으면 트럭은 얼마든지 팔 수 있다고 낙관했던

모양이다.

그러나 중요한 것을 잊어버렸다. 그는 말주변이 없고 사람과 사귀는 것을 잘

못했던 것이다. 결과는 1년 반 동안 겨우 트럭 한 대를 팔았을 뿐이다.

그 사이 그녀의 사랑도 식어 약혼은 취소되었다.

소년 시절에는 금발머리에 「태양의 왕자」로 불리던 생텍쥐페리였으나 살롱계에

출입하면서부터는 「곰」이라 불렸다. 몸집이 큰 데다 날씬하지도 않으며 거칠고

야수와 같은 체격과 용모를 가졌기 때문에 여성들이 흠모할 만한 청년이

아니었다.

게다가 말주변도 없고 늘 무뚝뚝하게 아무 말 없이 있었다. 그런 반면 쉽게

흥분하고 남을 배려할 줄도 모르면서 주위에 전혀 신경쓰지 않고 혼잣말을

해댔다. 즉 그는 사교계의 세련된 화술을 구사할 줄 모르는 시골 촌놈으로

치부되었다.

그 시골 촌놈에게 설령 한때 마음을 주었다 해도 명문 귀족의 딸이 왜 약혼까지

했을까?

그것은 비행기 조종사라는 당시로서는 많지 않은 모험가에 대해 신비스런

느낌이 들어서였을지도 모른다. 로맨스나 동화에 나오는 백마 탄 왕자는

숲속에서 불을 내뿜는 용이나 날카로운 어금니를 가진 야수, 또는 사악한

마법사와 싸운다. 그런 편력 기사의 현대판이라는 이미지가 당시의

조종사에게는 있었을 것이다.

그리고 말수가 적고 세상의 때가 묻지 않은 면도 재치와 유머가 풍부하고 말을

잘 하는 사람이 많은 파리의 사교계에서는 오히려 순박하면서도 성실한 별난

개성으로 받아들여졌을 것이다.

막 사귀기 시작했을 때는 그것이 매력으로 보일 수 있지만 시간이 지나면서

말 없고 무뚝뚝한 사람이 지루하게 느껴졌을 것이다. 특이한 개성으로 여겨지던

것도 단순히 거칠고 둔하며 교양 없어 보이기까지 그리 오랜 시간이 걸리지

않았을 것이다.

사랑이 식으니까 상대방은 조종사도 아닌 단순한 트럭 판매원에 지나지 않았고,

게다가 판매원으로서는 정말 능력없고 빈곤한 남자였다.

그의 「가난」이 사랑을 파국으로 몰아간 가장 큰 원인이 아니었을까 하는 생각이
든다.

부잣집 딸은 돈이 얼마나 고마운지 모른다. 세상에 가난한 사람이 있는 줄도
모르는 경우가 허다하다. 그래서 가난한 청년과 로맨틱한 사랑에 빠지기도
하지만 실제로 결혼하고 생활을 시작하자 처음으로 가난이 얼마나 비참한지를
경험하면서 단숨에 사랑이 식어 버리는 것이다.

생텍쥐페리는 트럭을 파는 데 계속 실패하면서 파혼당하는 바람에 결혼생활을
시작하지 않았지만, 어떻게 보면 일찌감치 파혼당한 것이 잘 된 일인지도
모른다. 약혼녀인 루이즈 드 빌모랭은 미국의 대부호와 결혼했다가 뒤에 헝가리
백작과 재혼해 나중에는 작가가 된 인물이다.

명문 귀족 출신이자 아름답고 재치도 있는 루이즈와의 파혼은
생텍쥐페리에게는 르 부르제에서 당한 사고 이상의 큰 충격이었을 것이다.
이때의 좌절로 생텍쥐페리는 더욱더 고독한 사람, 보통 어른이 되는 것을
거부한 영원한 아이가 된다.

생텍쥐페리의 마음속에는 큰 하늘에 대한 동경이 다시 살며시 눈뜬다. 비행기의
조종실이라는 자그마하면서 고독한 성에 갇히는 일. 일종의 도피였지만 그의
큰누나 마리 들렌이 병으로 세상을 떠나자 생텍쥐페리의 고독감은 도를 더했다.

파리 상공 유람 비행의 조종사로 한동안 일한 뒤 생텍쥐페리는 라테코에르

우편항공회사에 취직한다.

이 회사는 프랑스 남서부의 툴루즈 항공을 본거지로 하고 모로코

카사블랑카까지 정기항공편으로 우편이나 화물을 나르는 사업을 했다.

항공로는 사하라 사막을 넘는 다카르까지 연장하고 나중에는 태평양을 넘어

남미까지 넓혔다.

그래서 새로운 조종사가 필요했지만 생텍쥐페리는 조종사로서의 경험이 적고,

사고를 일으킨 적이 있으며, 또 타일 회사와 트럭 회사에서 근무한 3년간의

공백기가 있었다. 그래서 그는 일단 정비사로 고용되었다.

주임인 디디에 도라는 전 프랑스 공군의 비행 대장이었고 스스로도 조종사로서

항공로를 개척한 인물이지만 이때는 항공로의 연장에 대비해 조종사를

양성하는 데 주력했다. 이 사람은 명작 『야간 비행』에 등장하는 엄격한 비행

주임의 모델이 되었다고 한다.

라이트 형제의 비행에서 20년밖에 지나지 않았는데도 제1차 세계대전에서는

공군이 활약하고 면허를 가진 조종사도 늘어났다.

그러나 장거리 단독비행이 많은 우편기 조종사는 조종기술뿐만 아니라

책임감을 요구한다. 기후 변화가 심한 산악지대 비행도 위험했지만 사막에는 또

다른 위험이 도사리고 있었다. 아랍인 가운데에는 스페인과 프랑스에 귀순하지 않는 부족도 있었고, 우편기에 총을 쏘고 화물을 약탈하는 도적도 많았던 것이다.

도라 주임은 생텍쥐페리를 만나 보고 테스트 비행에도 합승해 본 뒤 그가 조종사로서 적합하지 않다는 판단을 내렸다. 기술이 미숙하다는 점도 있지만 당시의 생텍쥐페리에게는 책임감도 사명감도 없었고 단순히 넓은 하늘에 대한 동경만으로 비행기를 타려 한다는 것을 도라도 알았던 것이다.

그러나 조종사가 부족했기 때문에 도라는 가장 신뢰하던 이 회사의 조종사 앙리 기요메에게 생텍쥐페리의 교육을 맡겼다.

기요메라는 조종사야말로 나중에 생텍쥐페리의 유일한 친구가 된 중요한 인물이다.

기요메는 생텍쥐페리보다 두 살 어렸지만 라테코에르에서는 선배였다. 용감한 조종사임은 물론 재치도 있는 지식인이었다. 기요메는 항공로인 스페인 산악지대에 대해 상세히 설명해 주었다. 그의 말투에 푹 빠진 생텍쥐페리는 연하의 이 교육 담당자에게 친근감을 느꼈다.

기요메는 항공로와 관련해 작은 시내의 흐름이나 목초지에 있는 양의 무리, 양을 키우는 소녀의 모습 등을 섞어 시적으로 이야기했다. 비행사의 눈에

비치는 세계가 지리학자가 보는 세계와 얼마나 다른지! 지리학자가 지도를
펼치고 가리키는 기호의 세계가 완전히 무의미한 것이고 비행사야말로 진정한
세계를 보았다는 것을 기요메의 이야기로 생텍쥐페리의 마음속에 전해졌다.
원래 지리학자에 대해 좋지 않은 인상을 품은 생텍쥐페리였기 때문에
새삼스럽게 조종사를 천직으로 하고 싶다는 마음을 가짐과 동시에 기요메라는
인물에 더욱 친밀함을 느꼈다.

나중에 생텍쥐페리가 사하라 사막에 불시착했을 때 정기편을 조종하고
구조하러 온 사람도 앙리 기요메였다.

기요메의 지도에 따라 생텍쥐페리는 툴루즈와 카사블랑카 사이의 수송비행을
담당하였다. 반 년 뒤 이번에는 다카르 노선을 맡는다. 사하라 사막에 불시착한
것도 이때였다.

공군에서의 시험 비행이나 파리 상공의 유람 비행과는 달리 수송기의 조종에는
우편을 배달한다는 의무가 지어져 있었다. 사고뿐만 아니라 강도떼들의
총격이라는 위험도 도사리고 있지만 그만큼 생명을 걸어 사명을 다한다는
만족감도 있었다. 기요메를 비롯한 선배들에게서 살아가는 법을 배울 때도
있었다. 생텍쥐페리는 우편기의 조종사라는 일에서 사명감과 삶의 보람을
느꼈다.

1927년 10월 생텍쥐페리는 모로코의 서해안 캅 쥐비에 있는 비행장 주임이

되었다. 주변이 사막으로 둘러싸인 변경에 있는 중계기지였다. 당시 비행기는

항공거리가 짧았기 때문에 카사블랑카에서 다카르까지 가는 동안 연료 보급을

위해 중계기지가 필요했다.

주변은 스페인이 통치했지만 귀순하지 않은 부족이 많아 습격받을 위험이

높았다. 비행장에는 스페인군이 주둔해 있었는데 책임자는 귀족 출신의 데 라

페냐 대령이었고 같은 귀족 출신인 생텍쥐페리라면 잘 대응할 수 있을 거라

판단한 도라 주임이 부임을 결정했다.

그곳은 일주일에 한 번 우편기가 통과하는 이외에는 아무것도 할 일이 없는

유형지와 같은 장소였다. 그러나 가끔 강도가 습격해 오거나 비행기가

조난당하는 등 한시도 마음을 놓을 수 없었다.

조종사라는 일에 보람을 느끼기 시작한 생텍쥐페리에게는 지루하고 견딜 수

없는 나날이었을 것이다. 그러나 생텍쥐페리의 문학을 사랑하는 팬들에게는

이 외진 곳에서의 임무는 큰 선물을 가져다주었다. 사막 한가운데에서의

무미건조한 하루하루를 생텍쥐페리는 날마다 책상 앞에 앉아 장편소설을

집필하는 것에서 위안받았다.

『남방 우편기』.

주옥 같은 작품이다. 다만 사막 속의 상상에서 탄생한 지나치게 서정적이고
시적인 작품이다.

1929년 3월 생텍쥐페리는 완성한 원고를 들고 프랑스에 귀국했다. 이 작품은
같은 해 7월 갈리마르에서 출판했다. 생텍쥐페리 최초의 저작물이다.
안타깝게도 무명 작가의 책은 문단에서 무시당하고 베스트셀러가 되지 못했다.
같은 해 9월 생텍쥐페리는 프랑스 서해안의 볼드에서 남미 아르헨티나로 갔다.
라테코에르는 새로 아에로 포스탈이라는 항공회사를 만들고, 남미 쪽으로
우편기의 항로를 개설하는 준비를 했다. 미리 부임한 동료이자 친구인 앙리
기요메가 부에노스아이레스에서 생텍쥐페리를 기다렸다. 생텍쥐페리는 바로
동료 비행사들과 남미의 하늘을 날아가기로 했다.
하늘을 나는 것은 좋지만 사람이 없는 사막 한가운데에서 갑자기 대도시에 가게
되어 위화감이 있는 모양이었다. 대도시 부에노스아이레스는 인구밀도가
높았기 때문에 사람을 싫어하는 생텍쥐페리에게는 선뜻 내키는 장소가
아니었다.
그만큼 더욱더 비행기 조종을 열심히 하였다. 눈 아래 펼쳐진 풍경은 사하라
사막의 그것과는 비교도 할 수 없을 만큼이었다. 울창한 삼림이 있고 대초원,
습지대, 눈이 쌓인 안데스 산맥도 있었다.

사람이 생활하는 마을이나 동네 위를 날아간다. 밑의 세상과 하늘 위의 고독.
거기서 새로운 작품이 태어났다.

『야간 비행』.

이 작품은 지은이 자신의 인간적인 성장이 엿보이는 투철한 인간관에 기초한
명작이다. 전 작품에 있던 감상적인 부분을 완전히 억제하였다. 사명을 위해
묵묵히 고독한 비행을 하는 조종사와 지상에서 지시를 내리는 도리를 모델로 한
주임들의 남자다운 면을 하드보일드와 같은 금욕적인 문체로 묘사했다.

이 작품을 특히 미국의 독자들이 절찬한 이유는 남자다움과 프런티어
정신이라는 미국 사람들이 좋아하는 주제가 중심이 되었기 때문이지만
서정성을 배제한 문체의 매력도 크게 기여했을 것이라 생각한다.

전 작품에서 보였던 지나친 감상은 어디로 사라졌을까? 지은이에게 무슨
일이라도 있었던 것일까?

사막 한가운데에서 아주 감상적인 작품을 쓰고 꺼림칙했던 것이 싹 가셔
개운해졌다는 점도 있었을 것이다. 비행장의 주임이라는 지루한 일이 아니라
남미에서는 새로운 항공로에서 우편기를 조종한다는 충실한 일이 주어졌다는
것도 요인 중 하나였을 것이다.

남미에서는 하는 일에 대해 상당히 높은 임금을 받았기 때문에 생텍쥐페리는

오랫동안 고생하신 어머니께 돈을 부쳐드릴 수 있게 되었다. 돈을 받기만 하던 그가 어머니에게 돈을 부침으로써 조금이나마 「어른」이 된 느낌이 들었을지도 모른다.

또 한 가지 그의 인생에 획기적인 변화를 가져다 준 중요한 경험으로 동료 기요메가 조난당한 사건을 들 수 있다.

1930년 5월 앙리 기요메의 비행기가 안데스 산 속에서 행방불명되었다.

남반구에서 6월은 한창 겨울이다. 눈 쌓인 안데스에서의 조난은 죽음을 뜻했다.

생텍쥐페리와 비행사들은 일주일 동안 계속 안데스 상공을 비행하고 수색했지만 조난기를 찾을 수 없었다. 그러나 모두가 절망하고 있을 때 기적이 일어났다.

기요메는 눈 속을 일주일 동안 걸어 사람이 사는 마을에 간신히 다다른 것이다.

이 기적적인 생환 소식은 신문 1면의 톱으로 실리면서 기요메는 갑자기 영웅이 되었다.

실은 생텍쥐페리는 기요메가 살아 있기를 간절히 바라면서도 한편으론 하다 못해 시체라도 찾을 수 있기를 바라면서 조난기를 수색하였다. 시체를 찾지 못하면 미망인에게 보험금이 나오지 않기 때문이었다.

기요메가 조난당할 때까지 생텍쥐페리는 생명을 가볍게 여기는 한 청년에 지나지 않았다. 비행기를 타도 공포심이 없었다. 특별히 살고 싶다는 바람도 없었고 죽는 것을 두려워하지 않았다. 어쩌면 그 정도의 마음가짐이 없었으면 당시 성능이 좋지 않은 비행기의 조종사를 하지 못했을 것이다. 그러나 생텍쥐페리는 기요메에게 우정을 느끼고 있었다. 기요메가 조난당했다는 소식을 들었을 때 그는 생명의 소중함을 처음으로 느꼈다.

죽음에 대한 두려움도 그때서야 실감했다. 기요메는 무사히 생환했다. 그러나 생과 죽음은 근소한 차이다. 늘 죽음을 각오하면서 조종간을 잡는 것이 조종사의 임무다. 동료의 생사에 일희일우하면 조종사 일을 감당할 수 없다. 생사의 틈새기에서 감정을 버리고 살아가는 일, 그것이야말로 조종사가 갖춰야 할 첫번째 마음자세다.

사명을 다하기 위해서는 감정을 버려야 한다. 이 사실을 기요메의 조난에서 배웠다. 이 무거운 비정함을 그린 것이 『야간 비행』이라는 작품이다.

생텍쥐페리는 9년 뒤 기요메의 조난 경험담을 토대로 『인간의 대지』라는 다큐멘터리 작품을 썼지만, 『야간 비행』은 소설이기 때문에 픽션의 요소가 들어 있다. 작품 속에서 폭풍을 맞은 조종사는 마지막에는 죽음을 향해 폭풍 속으로 돌진한다.

여기에 나오는 조종사의 심리와 지상에서 조난 보고를 받는 주임의 갈등을,

감정을 배제하고 간결하게 그린 생텍쥐페리의 필치에는 「어른」과 「아이」라는 단순한 도식을 뛰어넘은 성숙한 정신을 느낄 수 있다.

1931년 1월 생텍쥐페리는 휴가를 받고 프랑스에 귀국한다. 그는 완성한 원고를 우선 앙드레 지드에게 전했다. 살롱에서 얼굴을 익힌 사이라고는 해도 무명 비행사의 작품이었다. 그러나 이미 대작가가 된 앙드레 지드는 열심히 읽었다. 앙드레 지드가 마르셀 프루스트의 『잃어버린 시간을 찾아서』를 몇 쪽 읽다 책을 덮어 버린 이야기는 워낙 유명하다. 그러나 『야간 비행』에는 이 대작가를 끄는 매력이 있었다.

얼마 후 『야간 비행』은 갈리마르에서 출판했고 앙드레 지드는 정열적인 서문을 이 책에 써주었다. 이 작품으로 생텍쥐페리는 프랑스 문단에서 높이 평가받고 페미나(Femina) 상을 수상했다. 또 영어로 번역해 미국에서 베스트셀러가 되었으며 인기 배우 클라크 케이블 주연으로 영화화되기도 했다. 생텍쥐페리는 하루아침에 유명 작가가 되었다.

작가로서 명성을 얻은 것과 반대로 너무 유명해진 생텍쥐페리는 동료 조종사들과의 관계가 소원해지고 깊은 고독 속에 빠져들었다.

생텍쥐페리가 휴가로 귀국한 사이 아에로 포스탈의 경영이 악화되어 업무에 복귀할 수 없게 되었다는 상황도 그에 일조했다.

그러나 무명의 한 사람으로 묵묵히 사명을 다한다는 조종사의 자존심을
생텍쥐페리가 훼손했다고 생각하는 사람도 없지 않았다.

그 뒤 생텍쥐페리는 수상비행의 시험조종을 맡거나 에어 프랑스의 홍보부에서
근무하는 등 비행기와 관련한 이런저런 일을 계속하려 했지만 오래 가지 않아
결국에는 특파원으로 현지보고 일을 하였다.

여성 조종사의 활약을 그린 〈안 마리〉라는 영화의 시나리오를 쓰기도 했다.
그러한 수입으로 자가용 비행기를 구입한 생텍쥐페리는 유럽의 여러 나라를
비행하고 나중에는 베트남 사이공에 이르는 내구 레이스에까지 참가했다.

앞에서 소개한 바와 같이 이 내구 레이스에서 생텍쥐페리는 리비아 사막에
불시착해 겨우 살아났다. 1935년 12월의 일이다. 생텍쥐페리는 1938년에도
남미의 내구 레이스에서 큰 사고를 당했다. 이때는 자칫 잘못했으면 왼팔을
잘라야 할 만큼 심각한 상태였다.

어쨌든 자가용 비행기의 조종으로는 동료와의 연대감과 사명을 다한다는
만족감을 얻을 수 없었다.

1939년 생텍쥐페리는 동료와의 추억을 담은 다큐멘터리 형식의 작품
『인간의 대지』를 발표했다. 고독감을 달래기 위해 지금까지 잡지와 신문에 쓴
글들을 되풀이해 읽으면서 동료와의 연대감을 추억하는 동안 그 자료를 정리해

한 권의 책으로 묶는 계획을 생각한 것이다. 두 번에 걸친 자가용 비행기의
조난으로 경제적으로 어려움을 겪은 것도 사실이었지만.

이 작품의 특징은 픽션에는 없는 사실의 무게가 있다는 점이다. 그것이
독자들에게 평가받고 베스트셀러가 되면서 「아카데미 프랑세즈」의 소설 부문
대상을 수상하고, 영어판은 미국 전국 도서상을 받았다. 이 작품에 중요한
등장인물인 기요메도 유명 인사가 되어 두 사람은 함께 태평양을 횡단하는 등
우정을 되살릴 수 있었다.

같은 해 9월 히틀러가 이끄는 나치 독일이 폴란드를 침공한다. 전쟁의 그늘이
살며시 다가오고 있었다. 예비군 대위인 생텍쥐페리도 소집 통지서를 받고
상파뉴 지방의 정찰부대에 배치되었다. 그렇다고 해서 실제로 비행기를
조종하고 정찰하러 가는 적은 없었고 독일의 접근에 대비하는 준비 단계였다.
그러나 이듬해 5월, 실제로 독일군이 침공하고 정찰부대는 비행기를 타고
최전선에 나갔다. 많은 동료가 독일군에 격추당해 전사했다. 사망자 가운데에는
친구인 앙리 기요메도 있었다.

생텍쥐페리 자신도 몇 번씩이나 총격의 위기를 맞으며 비행기 조종석에서
전쟁의 비참함을 목도했다. 얼마 후 독일이 프랑스 깊숙이까지 침공하자
프랑스는 국토의 대부분을 점령당하고 항복했다.

알제리까지 철수한 생텍쥐페리는 미국의 참전을 호소하기 위해 고국을 떠나 미국으로 건너갔다. 작가로 유명해진 생텍쥐페리는 스스로 정찰비행의 경험을 담은 상황보고와 독자적인 진격작전을 워싱턴 정부에 전달함과 동시에 언론을 통해 프랑스의 어려운 상황을 절절히 증언했다.

당초 예정한 체류기간은 한 달이었으며 미국의 참전이 확실해지면 생텍쥐페리도 알제리로 돌아가 비행사로 싸울 생각이었다. 그러나 미국 정부가 참전기미조차 보이지 않자 생텍쥐페리는 결국 2년 이상 그곳에 머물렀다. 그동안 그는 만년의 대작『전투 조종사』를 썼다.

1942년 2월 이 책의 영어판이『아라스로의 비행』이라는 제목으로 출판되자 이 영웅 이야기는 베스트셀러가 되었다. 전 해 12월에는 일본군이 진주만을 공격했기 때문에 미국도 참전하지 않을 수 없게 되었다. 국민들 사이에서도 전쟁에 참가해야 한다는 여론이 팽배해졌다.

다만 고국 프랑스에서는 이 작품이 2,000부밖에 나가지 않고 절판되었다. 등장인물인 조종사 중 한 명이 유대인이었기 때문이다. 나치의 지배를 받은 프랑스에서는 반유대주의 운동이 펼쳐졌다. 고국 프랑스에서 이 책이 푸대접을 받았기 때문에 그는 크게 실망했다. 동시에 프랑스와의 사이에 큰 거리감까지 느꼈을 것이다.

"불행히도 프랑스는 너무 멀리 떨어진 곳에 있다"라는 『어린 왕자』의 구절을
되새겨 보자.

생텍쥐페리는 고향을 그리워하는 마음에서 이 작품을 썼다. 나치의 지배를 받는
현실의 프랑스를 슬퍼하면서 지은이는 어린 시절의 추억을 그리워했다.

프로방스와 알프스에 있는 작은 성에서 지낸 금발머리 소년…….

여기에서부터 소혹성에서 혼자 사는 「어린 왕자」의 이야기가 시작한다.

4
꽃은 누구의 이미지를 빌린 걸까

제3장에서는 생텍쥐페리의 생애를 간략하게 살펴 보았다.

생애라 해도 죽음과 관련해서는 아직 언급하지 않았지만 『어린 왕자』의 출판이

1943년이었으며 그가 명확히 밝혀지지 않은 원인으로 죽음을 맞이한 것은

이듬해인 1944년이었다. 생텍쥐페리의 인생은 이때로부터 1년밖에 남지

않았다. 작가의 만년의 모습에 대해서는 나중에 언급하기로 한다.

또 하나 제3장에서 일부러 언급하지 않은 것이 있다. 바로 작가의 결혼에

대해서이다.

생텍쥐페리는 『야간 비행』을 집필하던 남미의 부에노스아이레스에서 살 때

콩쉬엘로 순신이라는 여성을 알게 되었다. 콩쉬엘로는 아름다운 미망인이었다.

문학과 미술에도 조예가 깊은 지적인 여성이지만 변덕이 심하고 자기 멋대로

행동하는 면이 있으며 현모양처와는 거리가 먼 타입의 여성이었다. 그런 자유

분방하고 개성적인 부분이 매력적이기도 했지만, 자유를 원하는 그녀는

결혼이라는 관습에 구애받는 일도 없었다. 결국 작가는 거의 별거에 가까운

기묘한 결혼생활을 죽기 직전까지 계속한다.

몸집이 작고 요정 같은 느낌을 주는 미녀와 곰처럼 몸집이 큰 작가.

이들이 잘 어울리는 한쌍이라 할 수 있을까?

어떤 면에서 두 사람은 보통 어른이 되지 않고 아이와 같은 호기심과 감수성을

잃지 않은 사람이었다. 그렇기 때문에 짬을 내 둘이 프랑스에 갔을 때는 정말로

행복의 절정에 있었을 것이라 생각한다.

여행 가방 안에는 완성한 『야간 비행』의 원고가 있었다. 이것을 앙드레

지드에게 가져갔더니 그는 바로 그 자리에서 읽어 보고 서문을 써주겠다는

약속을 했다. 이 작품의 성공이 나중에 어떤 결과를 가져다 줄 것인지, 또 어떤

일이 생길지에 대해 생각할 여유가 그 당시의 생텍쥐페리에게는 없었다.

어렸을 때 생 모리스 성에서 비행기를 보러 비행장에 함께 갔던 여동생

가브리엘은 피에르 다게라는 귀족과 결혼해 니스에서 가까운 아게 성에서 살고

있었다. 생텍쥐페리는 콩쉬엘로를 데리고 아게 성에 갔는데 그곳에 머물던

어머니에게서 엄한 질책을 받고 뜻밖에도 그 성에서 콩쉬엘로와 결혼식을

올렸다. 그리고 니스 시청에 혼인신고를 하지만 형식적으로 결혼한 뒤에도

그들은 기존의 결혼이라는 굴레에 얽매이지 않는 생활을 했다.

니스에 있는 호텔에서 사치스럽게 돈을 낭비한 두 사람은 파리에 있는 호텔에
머물렀다. 두 사람은 거기에서 서로 다른 살롱에 출입하고 멋대로의 생활을
시작한다. 그 뒤 생텍쥐페리는 신문사의 특파원으로 러시아에 가거나 내전이
터진 스페인에 가지만 콩쉬엘로는 파리에서 호화스런 생활을 계속했다.

생텍쥐페리가 자가용 비행기를 산 뒤부터는 완전히 별거생활에 들어갔다.

독일의 침공으로 생텍쥐페리가 미국으로 건너간 뒤에도 콩쉬엘로는 프랑스에
남았다. 생텍쥐페리가 『어린 왕자』를 쓰기 시작한 1942년이 되어서야
콩쉬엘로는 미국으로 건너가 뉴욕에 있는 남편의 아파트에 방을 따로 쓰며 살기
시작한다. 그녀는 남편을 따라 미국으로 건너간 것이 아니라 독일의 침공으로
인해 프랑스에서 더 이상 살기가 힘들어졌기 때문이었고, 같은 아파트라 해도
생활을 완전히 따로 하면서 서로 전혀 다른 친구들과 어울렸다. 예를 들어
콩쉬엘로 집에 출입한 사람 가운데에는 생텍쥐페리를 심하게 비판한 신흥
쉬르리얼리즘 작가 앙드레 브르통도 있었다.

생텍쥐페리는 『어린 왕자』의 집필에 몰두하기 위해 자연에 둘러싸인 작은
집에서 살고 싶어 아내에게 집을 찾아보도록 부탁한다. 그러나 콩쉬엘로가 구한
집은 방이 스물두 개나 되는 대저택이었다. 콩쉬엘로는 날마다 손님을 초대하고

밤늦게까지 연회를 열었다. 생텍쥐페리는 손님이 집으로 돌아가거나 숙박

손님이 침실에 들어갈 때까지 상대를 해주고 다른 사람이 잠든 한밤중의 아주

짧은 시간에 집필할 수밖에 없었다.

수많은 손님에 둘러싸였어도 생텍쥐페리는 외로웠다. 진심으로 마음이 통하는

친구가 하나도 없었다(동료 기요메는 전사했다). 『어린 왕자』를 쓰던

생텍쥐페리에게는 작품 중 다음 장면과 같은 상황이 아니었을까?

제19장의 어린 왕자가 지구에 도착한 직후의 에피소드다.

어린 왕자는 어떤 높은 산 위로 올라갔다. 그가 아는 산이라곤 그의 무릎에

닿는 세 개의 화산이 고작이었다. 불 꺼진 화산은 의자로 이용하곤 했다.

'이 산처럼 높은 산이라면……' 하고 어린 왕자는 마음속에서 중얼거렸다.

'산에서 이 별 전체와 사람 모두를 한눈에 볼 수 있을 거야……'

그러나 바늘 끝처럼 뾰족뾰족한 산봉우리만 보일 뿐이었다.

"안녕." 어린 왕자는 혹시나 하고 말해 보았다.

"안녕…… 안녕…… 안녕……" 메아리가 대답했다.

"너는 누구지?" 어린 왕자가 말했다.

"너는 누구지…… 너는 누구지…… 너는 누구지……" 메아리가 대답했다.

"내 친구가 되어 줘. 나는 외로워." 그가 말했다.

"나는 외로워…… 나는 외로워…… 나는 외로워……." 메아리가 대답했다.

'참 얄궂은 별이군!' 그때 어린 왕자는 생각했다. '여기는 모든 것이 메마르고 모든 것이 뾰족뾰족하고 모든 것이 소금투성이다. 게다가 사람들은 상상력이 없다. 여기 사람들은 다른 사람이 한 말만 되풀이하는 것뿐이다……. 나의 별에는 꽃 한 송이가 있었지. 그 꽃은 언제나 먼저 말을 걸어왔는데…….'

얼마나 황량한 풍경일까? 얼마나 고독한 심정일까? 방이 스물두 개나 있는 대저택에서 많은 손님에 둘러싸였을 때 생텍쥐페리는 이런 느낌을 받았던 것이다. 여기에는 생텍쥐페리라는 작가의 깊은 고독감을 상징적으로 그렸다. 그러나 잠깐 좀 생각해 보자. 아내 콩쉬엘로도 이 황량한 풍경의 일부였을까? 오히려 콩쉬엘로는 어린 왕자가 자기 고향에 남기고 온 꽃과 같은 존재였을 것이다.

제멋대로 굴고 버릇없는 꽃의 이미지는 확실히 생텍쥐페리 부인인 콩쉬엘로의 모습과 일치한다.

여기에서 『어린 왕자』에 등장하는 꽃의 이미지를 확인해 두자.

어린 왕자의 혹성에는 화산과 바오밥나무, 그리고 잡초와 같은 화초가 있을 뿐이었다. 그 특별한 꽃은 혹성 밖 어딘가에서 바람에 실려온 것이다. 오랜 몸단장 끝에 꽃이 처음으로 말을 하는 장면을 보자.

그런데 그처럼 공들여 몸치장을 했으면서도 그 꽃은 하품을 하며 말하는 것이었다.

"아! 이제 막 잠이 깼답니다……. 용서하세요……. 제 머리가 온통 헝클어져 있네요……."

어린 왕자는 그때 감탄을 주체할 수 없었다.

"참 아름다우시군요!"

"그렇죠? 그리고 난 해와 같은 시간에 태어났답니다……."

꽃이 살며시 대답했다.

어린 왕자는 그 꽃이 그다지 겸손하지는 않다는 것을 알아챘다. 하지만 그 꽃은 너무도 감동적이 아닌가?

"아침 식사할 시간이군요. 제 생각을 해줄 수 있으실는지요……."

잠시 후 그 꽃이 다시 말했다.

그래서 몹시 당황한 어린 왕자는 신선한 물이 담긴 물뿌리개를 찾아 그 꽃의 시중을 들어주었다.

이렇게 해서 왕자의 혹성에서 식객과 같은 존재가 된 꽃은 잇달아 왕자에게
무리한 요구를 한다. 호랑이가 무섭다든지 바람이 차갑다고 버릇없는 요구를
하는가 하면 포즈를 취하고 거짓말을 한다.

어느 날은 자기가 가진 네 개의 가시에 대해 이야기하면서 어린 왕자에게
이렇게 말하기도 했다.
"호랑이가 발톱을 세우고 와도 좋아요!"
"내 별에 호랑이는 없어요. 그리고 호랑이는 풀을 먹지도 않아요"라고
어린 왕자는 항의했다.
"나는 풀이 아니에요." 그 꽃이 살며시 대답했다.
"용서하세요……."
"난 호랑이는 조금도 무섭지 않지만 바람은 질색이랍니다. 혹시 바람막이가
있으세요?"
'바람은 질색이라…… 식물로서는 안 된 일이군. 이 꽃은 아주
까다롭구나……' 하고 어린 왕자는 속으로 생각했다.

"저녁에는 나에게 유리덮개를 씌워 주세요. 당신 별은 매우 춥군요. 설비도

좋지 않고요. 내가 살던 곳은……."

그러나 꽃은 말을 잇지 못했다. 그 꽃은 씨앗으로 온 것이었다. 다른 세상에

대해 아는 게 있을 리 없었다. 그처럼 뻔한 거짓말을 하려다 들킨 게

부끄러워진 그 꽃은 어린 왕자를 탓하기 위해 기침을 두어 번 했다.

"바람막이는요?"

"찾아보려는 참인데 당신이 말을 계속하잖아요!"

그러자 그 꽃은 그래도 어린 왕자에게 가책을 느끼게 하려고 더 심하게

기침을 했다.

이 부분의 꽃에 대한 묘사는 아주 유형(類型)적이다. 콧대가 센 지겨운 여자라는

느낌이 든다. 그러나 이런 여성이 남자에게 매력적이라는 것 또한 사실이다. 이

부분만 보면 작가는 이 「꽃」을 아주 비판적으로 본다는 느낌이 들지만 이어진

다음 부분을 보면 작가가 다른 시점에서 바라본다는 사실을 깨달을 수 있다.

그리하여 어린 왕자는 사랑에서 우러나온 호의를 가졌으면서도 꽃을

의심하기 시작했다. 그는 대수롭지 않은 말을 심각하게 받아들이고 몹시

불행해졌다.

어느 날 그는 털어놓았다. "꽃의 말에 귀를 기울이지 말아야 했어. 꽃들의
말엔 절대로 귀를 기울이면 안 되는 법이야. 바라보고 향기를 맡기만 해야
해. 내 꽃은 내 별을 향기로 뒤덮었어. 그런데도 나는 그것을 즐길 줄
몰랐어. 그 발톱 이야기에 눈살을 찌푸렸지만 실은 가엾게 여겨야 옳았던
거야……."

그는 또 이렇게도 말했다.

"나는 그때 아무것도 이해할 줄 몰랐어. 그 꽃의 말이 아니라 행동을 보고
판단해야만 했어. 그 꽃은 나에게 향기를 선사했고 내 마음을 환하게
해주었어. 결코 도망치지 말았어야 하는 건데! 그 가련한 꾀 뒤에는 애정이
숨어 있다는 걸 눈치채야 하는 건데 그랬어. 꽃들은 그처럼 모순된
존재거든! 하지만 난 너무 어려서 그를 사랑할 줄 몰랐던 거야."

얼마나 성실하고 사려깊은 견해인가. 이 말은 누구를 향해 한 것일까. 바꿔
말하면 꽃의 이미지는 어디에서 왔을까. 꽃은 누구를 모델로 삼은 것이었을까.
꽃이 있는 고향 별을 떠나 지구에 왔다는 부분은 고향인 프랑스에서 미국으로
건너간 생텍쥐페리의 인생의 자국과 일치한다.

그러면 역시 꽃은 아내 콩쉬엘로가 아니었을까?

그러나 생텍쥐페리가 아내를 버린 것은 훨씬 더 옛날의 일이 아니었을까.

자가용 비행기를 사고 외로운 비행에 몰두하는 것 자체가 벌써 아내를

내버려두고 고독 속에 갇힌다는 것을 뜻하는 것이 아닐까.

생텍쥐페리의 고독감은 아주 뿌리깊은 것이었지만 그것은 친구가 없다거나

시대가 그를 고독으로 내몰았다기보다는 생텍쥐페리 자신이 고독을 원했다고

할 수 있다.

고독을 견딜 수 없는 사람은 혼자가 되면 병에 걸린다. 그러나 생텍쥐페리는

정반대다. 외로워지면 오히려 생기가 넘치고 힘이 생긴다. 그런 작가와 결혼한

콩쉬엘로가 오히려 불행한 삶을 살았을지도 모른다.

콩쉬엘로를 알게 되어 휴가를 내어 둘이 프랑스에 갔을 때 생텍쥐페리는

콩쉬엘로라는 한 여성의 매력에 심취하고 사랑에 빠졌을 것이다.

그러나 파리의 호텔에서 함께 살다 보니 서로의 너무 다른 성격이 드러난다. 둘

다 완전히 어른이 되지 않은 어린이와 같은 사람이었지만 생텍쥐페리는 주로

혼자 있는 것을 좋아하고 상상의 세계에 자주 빠지는 아이인 데 비해,

콩쉬엘로는 사람과 어울려 이야기하는 것을 좋아하고 대화하고 있으면

얼마든지 즐길 수 있는 놀기를 좋아하는 사교적인 아이였다.

물론 생텍쥐페리도 혼자 있는 것을 좋아하지는 않았다. 과거 사막에 둘러싸인 중계기지에서의 생활에는 너무 진절머리가 나고 파리에서도 작가와 저널리스트들이 모이는 카페나 바에 출입했다.

그러나 워낙 말재주가 없는 데다 재치와 유머에서 센스가 없었고, 게다가 주로 외국에서 생활한 조종사라는 직업을 가진 탓에 화술이 전혀 세련되지 않았다. 편지를 쓰는 것은 아주 좋아했지만 많은 사람이 있을 때는 입을 꾹 다물어 버리는 경향이 있었다. 결국 시끄러운 카페의 한구석에서 혼자 책을 읽을 때가 많았다고 한다.

콩쉬엘로는 그런 생텍쥐페리에게 따뜻한 배려를 할 수 있는 타입의 여성이 아니었다. 자기 주변에 좋아하는 친구들을 불러 마구 지껄일 뿐이었다. 물론 때로는 생텍쥐페리가 하는 하늘 이야기에 귀를 기울일 때도 있었을 것이다. 생텍쥐페리는 문학적 교양도 있었기 때문에 공통적인 화제도 있었겠지만 오히려 콩쉬엘로가 관심을 가진 것은 다다이즘이나 쉬르리얼리즘 등 최신 유행하는 문학이나 미술 쪽이었을 것이라 생각한다.

생텍쥐페리의 문학은 조종사라는 소재가 새로울 뿐 수법이나 문체와 관련해서는 오히려 구식이었다.

그러나 그런 것은 부부관계를 유지하는 데 큰 장벽이 되지 않았을 것이다.

남편의 일이나 취미, 사는 보람을 완전히 이해하는 아내는 이 세상 어디에도

없을지 모른다. 그러나 대부분의 아내들은 이해할 수 없어도 남편 일을

존중하고 노력을 인정하고 아내로서의 역할을 다하려 애쓴다.

안타깝게도 콩쉬엘로라는 여성은 그런 아내가 아니었고 또 그런 아내가 되고

싶다는 생각도 하지 않는 사람이었다. 그런 여성을 사랑했기 때문에 어쩔 수

없다. 하지만 생텍쥐페리는 마음속에서 약간 실망했을 것이다.

여성도 남성도 마찬가지지만 활발한 사람, 제멋대로이지만 아이디어를 내고

함께 놀거나 일하는 게 즐거운 사람은 매력적이다. 그러나 그런 사람과 결혼해

날마다 같이 살다 보면 피곤할 수도 있다.

같이 있으면 피곤하다고 해서 상대방이 늘 밖에서 놀면 남은 사람은 외로울

것이다.

결혼은 아주 어려운 문제다.

생텍쥐페리는 아내를 지배할 생각을 하지 않고 아내에게 자유를 주고 자기는

혼자 하늘여행을 다닌다. 또는 신문이나 잡지의 현지 취재 기자로 외국으로

나간다. 물론 혼자였다. 미국으로 건너갔을 때도 콩쉬엘로는 함께 가지 않았다.

멀리 떠나 있으면 문제가 많은 아내도 가끔은 그리울 때도 있었을 것이다.

그렇지만 얼마 지나지 않아 아내가 미국으로 건너왔을 때는 솔직히 진절머리가

났을지도 모른다.

고향과 아내는 멀리서 그리워하는 존재인 편이 나을지도 모른다.

그렇다고는 하지만(이라고 서둘러 덧붙이지만) 나는 아내가 가까이 없으면 외롭고 생활하는 데 지장도 생기기 때문에 아내가 늘 곁에 있어 주길 바란다.

그런 개인적인 것은 나중에 언급하기로 하고 「꽃」이란 도대체 무엇인가에 대해 생각해 보자.

쉽게 말하면 꽃이란 생텍쥐페리에게는 이상형의 여자라 할 수 있다. 아내 콩쉬엘로 자체가 아니다. 알게 된 직후 가장 빛나던 시기의 콩쉬엘로의 모습이 약간 남아 있지만 현실 속에 존재하는 여성이라기보다는 아내의 모습을 더 이상적으로 추상화한 이미지가 꽃이라는 형태로 집약된 것이 아닌가 싶다.

"꽃들은 그처럼 모순된 존재거든! 하지만 난 너무 어려서 그를 사랑할 줄 몰랐던 거야."

생텍쥐페리가 어린 왕자의 이 대사를 썼을 때 이미 콩쉬엘로는 미국에 도착했다. 그래서 바다 저 건너편에 있는 아내를 지나치게 아름다운 이미지로 그린 것은 아니었다. 현실에서 아내는 옆방에 있고 아는 사람을 모아 연회를 열었다. 바로 옆에서 생텍쥐페리는 고독한 수심에 빠졌다.

현재의 아내는 곁에 있지만 생텍쥐페리의 마음속에는 옛날 아내의 모습이,

말하자면 가공의 이미지로, 즉 현실에는 존재하지 않는 이념으로 환상처럼 떠오르는 것이었다.

그것은 고향인 혹성에서 멀리 떨어진 지구에서 꽃을 그리워하는 어린 왕자와 같은 상황이다. 꽃이란 곧 환상 속의 이상적인 연인의 이미지다.

그러면 그 꽃에 대해 어린 왕자는 어떤 감정을 품었을까? 『어린 왕자』의 본문을 더 읽어 보도록 하자.

이 작품의 이야기꾼과 어린 왕자의 만남은 "양을 그려 줘"라는 대사에서 시작한다. 양은 환상의 세계로 우리를 청하는 문과 같은 것이다.

우리 민족은 양과 어울려 지내오지 않았다. 양이라 해서 기껏 생각나는 것은 칭기즈 칸 요리다. 그러나 유럽 사람에게 양은 소중한 것이다. 특히 산악지역과 건조지역에 사는 사람에게는 양이 생활의 전부라 해도 지나친 말이 아닐 것이다.

지리학자를 증오하는 생텍쥐페리에게도 양은 상징적인 뜻을 지녔다. 그것을 가르쳐 준 사람은 바로 동료인 앙리 기요메였다. 툴루즈와 카사블랑카 사이의 비행을 담당하기 전에 생텍쥐페리는 기요메에게서 항공로에 대해 상세히 배웠다. 기요메는 때로는 시적으로, 때로는 구체적으로 항공로의 지형에 대해 설명했다.

항공로는 지도에서도 확인할 수 있다. 그러나 지도에 나타나는 지형과 기요메가 이야기하는 지형은 전혀 달랐다. 기요메는 비행기의 조종석에서 지상을 내려다보고 자신의 감성으로 세계를 파악했기 때문이다. 그 기요메가 본 세계를 상징하는 것이 양의 존재다.

기요메는 산악지대의 어디에 양이 있는지를 세밀하게 기억하였다. 현실과 동떨어진 지형이 아니라 우리 생활과 밀착한 지형이 펼쳐졌다. 생텍쥐페리는 실제로 비행기를 타보고 기요메가 말한 위치에 양들이 있는 것을 보고 감동을 받았다. 지리학자가 파악하는 기호만으로 만들어진 지형이 얼마나 현실과 거리가 먼지를 생텍쥐페리는 새삼스럽게 확인했다.

양은 『어린 왕자』의 마음속을 해명하는 열쇠다. 제7장의 첫부분을 살펴 보도록 한다.

> 닷새째 되는 날, 역시 양 덕택에 어린 왕자의 생활의 비밀을 한 가지 알게
> 되었다. 그가 불쑥, 오랫동안 혼자 어떤 문제에 대해 곰곰이 생각한 끝에
> 튀어나온 말인 듯 나에게 물었다.
> "양은 작은 나무를 먹으니까 꽃도 먹겠지?"
> "양은 닥치는 대로 먹지."

"가시가 있는 꽃도?"

"그럼, 가시가 있는 꽃도 먹고말고."

"그럼 가시는 무엇에 쓰이는 거지?"

나도 그것을 알지 못했다. 나는 그때 모터에 꼭 조여진 볼트를 빼내는 일에

정신이 팔려 있었다. 비행기 고장이 아주 심각한 것처럼 보이기 시작했고

먹을 물은 거의 바닥이 보이고 있어 최악의 처지에 놓일까봐 나는 무척

불안했던 것이다.

"가시는 무엇에 쓰는 거지?"

어린 왕자는 같은 질문을 몇 번씩이나 한다. 이런 경향은 보통 아이들에게도

흔히 볼 수 있으며 왕자의 어린 느낌이 잘 표현되었다. 그러나 왕자의 질문은

순진한 것이면서도 결코 무의미한 것이 아니다. 이 작품에 관한 가장 본질적인

부분이면서도 지은이의 철학과 연애관이 왕자의 이 한마디에 집약되어 있다.

그러나 이때 이야기꾼인 조종사는 비행기 수리에 몰두하고 있다. 사람이 사는

곳에서 아주 멀리 떨어진 사막 한가운데에서 조난당했기 때문에 고장난 것을

고치지 못하면 생명을 잃을 수도 있다. 조종사는 심각했다.

그래서 "꽃들이 공연히 심술부리는 거지"라고 대답해 버린다. 그랬더니 왕자는

정색하고 화를 낸다.

　"정말로 그렇게 생각하는 거야? 꽃이란……."

　"그만해 둬! 그만! 아무래도 좋아! 난 되는 대로 대답했을 뿐이야. 나에겐

　지금 중대한 일이 있어!"

　그는 깜짝 놀라 나를 바라보았다.

　"중대한 일이라고?"

　망치를 손에 들고 손가락은 시커멓게 기름투성이가 되어 그가 보기에는

　매우 흉측해 보이는 물체 위로 몸을 기울인 내 모습을 그는 바라보고

　있었다.

　"아저씨는 어른들처럼 말하잖아!"

여기서는 서로 분신인 조종사(이야기꾼)와 어린 왕자의 거리가 명확하게

그려진다.

여섯 살 때 그린 모자 그림(사실은 모자 그림이 아니지만)을 늘 들고 다니고

처음으로 만나는 사람이 「어른」인지 「어린이(정확히 말하면 어릴 때의

감수성을 잃지 않은 어른)」인지를 판별하는 데 사용하는 이야기꾼, 곧 자신이

보통 「어른」이 아니라 믿는 이야기꾼이 왕자에게 "어른들처럼 말한다"고
비판받고 만다.

이 조종사가 작가 자신이라 생각해 보자. 『어린 왕자』를 쓰고 있는 작가는
여섯 살이 아니라 마흔두 살이다. 우편기 조종사라는 직업으로 사명을 다하는,
일의 소중함과 책임의 무게를 인식한 훌륭한 어른이다.

물론 별에서 별을 여행할 때 나오는 어른들처럼 이유 없이 거만하게 구는
어른이나 주어진 일을 아무 생각 없이 처리하는 어른과는 다르다.

그리고 『어린 왕자』의 애독자 중에 있을지도 모르는 어떤 종류의 어른들,
곧 어른이 되고 싶지 않다고 응석만 부리는 어른, 어른으로서의 자각도
책임감도 없는 무기력하고 무능력한 어른도 아니다.

조종사로서의 임무를 다하고 많은 독자에게서 좋은 평가를 받는 작품도 쓴
훌륭한 어른이다.

그러나 그런 훌륭한 어른도 왕자는 비판해 버린다.

사막에서 조난당했다는 것은 생텍쥐페리 자신의 경험이다. 사막에서
조난당하면 누구나 심각하게 비행기를 수리하려 하거나 그것이 안 되면 어떤
방향을 향해 걸어가거나 어떤 수단을 쓰더라도 살아남을 수 있는 방법을
생각한다.

그러나 비행기의 수리보다, 조종사의 생명보다 더 중요한 것이 있을 거라고
왕자는 주장한다.

그것이 「중요한 것은 눈에 보이지 않는다」는 왕자의 독백에서 나오는 「중요한
것」 곧 「마음으로가 아니면 보이지 않는 것」이다.

그 중요한 것이란 도대체 무엇일까? 구체적인 사례로 왕자는 다음과 같이
이야기한다.

> "수백만 개의 꽃들 속에 단 하나밖에 존재하지 않는 꽃을 사랑하는 사람은
> 그 별들을 바라보는 것만으로도 행복할 수 있어. 속으로 '내 꽃이 저기
> 어딘가에 있겠지……' 하고 생각할 수 있거든. 하지만 양이 그 꽃을 먹어
> 버린다면 그에게는 갑자기 모든 별들이 사라지는 거나 마찬가지야!
> 그런데도 그게 중요하지 않다는 거지?"

왕자가 말하는 바와 같이 여기서는 아주 중요한 이야기가 나온다. 작가가
자신의 세계관을 여기서 제시하는 것과 동시에 『어린 왕자』라는 작품이
독자에게 감명을 주는 마술의 트릭 같은 것이 이 부분에 걸려 있는 것이다.
마술의 트릭이라고 하면 속인다는 느낌이 들지만 문학이나 예술에서도

어딘가에 속임은 있다. 가끔 트릭에 전혀 걸리지 않는 사람도 있지만 그런

사람은 예술을 이해하지 못하는 둔한 사람쯤으로 치부해 버려도 된다.

왕자가 비판하는 「어른」은 『어린 왕자』라는 작품으로 감명받지 않을 것이다.

이 책의 첫부분에서 지적한 바와 같이 이 작품은 독자를 선별한다. 아는 사람은

알지만 모르는 사람은 모른다. 작가는 그래도 된다고 생각하지만 오히려

도발적으로 둔한 사람은 절대로 알 수 없는 수수께끼와 같은 방법으로 썼다.

여기서 어린 왕자가 말하는 것은 어떤 의미에서는 논리의 비약이다.

한 송이의 꽃을 사랑하는 사람에게는 모든 별들이 빛나 보인다. 이 말은 한

여성을 사랑하고 있으면 세계 전체가 빛나 보인다는 뜻이다.

이것을 바로 이해할 수 있는 사람은 행복한 인생을 보내는 사람일 것이다. 한

번이라도 사람을 사랑한 경험이 있는 사람은 그 순간, 설사 잠깐 동안이라도

세계 전체가 빛나 보였다는 걸 실감했을 것이다.

그런 순간은 오래 가지 않을 수도 있지만 그러나 한순간이라도 세계가 빛나

보였다는 경험이 있는 사람과 한평생 한 번도 그런 경험을 한 적이 없는

사람과는 이 세상에 태어났다는 기쁨에 큰 차이가 있을 것이라 생각한다.

단 한번이라도 세계의 빛을 알게 된 사람은 세계가 빛나지 않을 때는 크게

실망할 것이다. 그것은 때로 비탄이나 절망, 고뇌를 가져다 준다.

그런 것 때문에 고통스럽게 번민할 바에야 차라리 둔감한 상태에서 안전지대를

가는 것이 낫다고 생각하는 사람이 있으면 그 사람은 그냥 보통 「어른」이고

『어린 왕자』의 무대에서 퇴장할 수밖에 없다.

왕자는 버릇없는 꽃의 요구에 신경질이 나서 고향 혹성을 떠난다. 그리고

고향을 떠난 뒤에야 꽃에 대한 사랑을 확인한다.

사랑이란 잃어버리고 나서 알게 되는 것인지도 모른다.

왕자는 별에서 별로 여행을 계속하고 드디어 지구에 도착한다. 처음에는 사막에

내려왔기 때문에 아무것도 없는 장면을 목격한다. 다만 뱀만이 왕자를

맞이한다(제17장).

　　　"사람은 어디에 있지? 사막에선 조금 외롭구나……." 어린 왕자가 마침내

　　　다시 입을 떼었다.

　　　"사람 가운데에서도 외롭기는 마찬가지야." 뱀이 말했다.

뱀은 일종의 철학자다. 아주 뜻 깊은 말을 한다.

생텍쥐페리는 사하라 사막의 모래로 둘러싸인 중계기지에서 외로운 나날을

보냈다. 때로는 혼자 기지 주변의 사막을 둘러보곤 했을 것이다. 사막에도

동물이 살고 있다. 대표적인 것이 뱀과 나중에 나오는 여우다.

이 장면에서 뱀이 또 하나 중요한 말을 한다.

> "네가 측은해 보이는구나, 무척이나 연약한 몸으로 이 돌멩이투성이의
> 지구에 있으니. 네 별이 몹시 그리울 때면 언제고 내가 너를 도와줄 수 있을
> 거야. 난……."
>
> "응! 잘 알았어. 한데 넌 왜 그렇게 언제나 수수께끼 같은 말만 하니?"
>
> "난 그 모든 걸 해결할 수 있어." 뱀이 말했다.

뱀이 말하는「수수께끼」란 무엇일까? 이 부분은 마치 선문답 같아서 무슨 말을
하는지 이해가 잘 안 가는 데도 있다(해석은 나중에 하기로 한다).

이것은 내 상상이지만 생텍쥐페리는 사막에서 동물을 만나면 마음속에서
그들에게 말을 걸었다고 생각한다. 물론 답은 오지 않는다. 아마 지은이는 또
마음속에서 동물들을 대신해서 자기 자신에게 말을 걸었을 수도 있다.

뱀이나 여우를 상대로 그런 선문답 같은 가공 속의 대화를 계속해서 지은이는
심심풀이를 했다. 그것을 나중에 작품 속에서 살린 것이 아닐까?

『어린 왕자』속에 나오는 뱀과 여우는 순간에 생각한 것치고는 아주 속 깊은

독백이다. 벌써 몇 년 전부터 지은이는 뱀과 여우의 독백을 머릿속에 저장해 둔 것이 아닌가 하는 생각이 든다.

사하라 사막은 외로운 곳이다. 그러나 파리의 카페나 살롱에 가도 사람은 역시 고독을 안고 살아가야 한다. 실제로 파리에 돌아가서도, 또는 미국으로 건너간 뒤에도 생텍쥐페리는 마음속에서 뱀과 여우를 상대로 대화했을지도 모른다.

그런데 사하라 사막의 중계기지에서 생텍쥐페리는 첫번째 장편소설을 완성했다. 『남방 우편기』말이다.

물론 기지에는 스페인군이 주둔해 있었다. 대장인 대령은 귀족이기 때문에 프랑스어를 유창하게 구사했지만 마음을 털어놓고 이야기할 수 있는 상대는 아니었다. 거의 모든 시간을 생텍쥐페리는 혼자 지내며 마음속에서 가공의 대화를 했을 것이다.

거기에서 태어난 생텍쥐페리의 첫번째 장편에는 작가가 젊었을 때의 기본적인 인생관이 그려져 있다. 그리고 이 작품이 생텍쥐페리의 한평생에서도 유일한 연애소설이기 때문에 작품을 읽으면 지은이의 연애 철학을 엿볼 수 있다.

다음 제5장에서는 『어린 왕자』에서 약간 비켜가 생텍쥐페리의 첫번째 장편소설 『남방 우편기』의 세계를 살펴 보도록 하겠다.

5
사막 속의 환상

『남방 우편기』는 신기한 작품이다.

시적이고 정서적이며 처음 몇 줄만 읽어도 책을 내려놓을 수 없을 만큼

감미롭고 매력적인 문체로 쓰여졌기 때문에 아마 근대소설로는 지나치게

감상적이면서 전체적인 구성도 엉성한 느낌이 들 것이다.

작품 첫부분에는 「이야기꾼」이 등장하고 1인칭 형식으로 사막에 둘러싸인

중계기지의 풍경을 서정적으로 묘사하고 있다. 그 부분의 매력적인 문장만 봐도

이 작품은 읽을 가치가 있다는 느낌이 들지만 다음 장에서는 갑자기 문체가

3인칭 객관묘사로 바뀌어 툴루즈에 있는 벨니스라는 조종사가 비행장으로

향하는 모습을 묘사한다.

그러나 그 다음 장에서는 이야기꾼이 벨니스에게 말을 거는 형식이 되어

놀랍게도 2인칭으로 이야기를 진행한다. 이 작품은 1인칭, 2인칭, 3인칭이 서로

섞여 진행되고, 또 중간에서는 벨니스가 이야기꾼에게 보낸 편지를 삽입한다.
그 부분에서는 당연히 벨니스가 1인칭으로 이야기한다.

이 부분까지 읽으면 대부분의 독자는 혼란을 일으켜 개중에는 책을 덮어 버리는
사람도 있지 않을까 싶다. 인칭이 바뀌고 자주 시점이 바뀌면 독자는 작품
속으로 들어가지 못할 뿐만 아니라 본래는 「신의 시점」이라 불리고 냉정하게
서술해야 하는 객관묘사까지 이야기꾼의 주관으로 인해 정서적 · 감상적으로
흘러 진절머리를 내는 사람도 나올 것이다.

지나친 서정성은 작가의 미숙함으로, 인칭의 변화는 구성 파괴로 느껴진다.
『야간 비행』의 서문을 써줌으로써 작품을 극찬한 앙드레 지드가
『남방 우편기』를 평가하지 않은 것도 그런 부분이 마음에 거슬렸기 때문일
것이다.

일본어판(호리구치 다이가쿠 옮김)에는 이 작품이 신초샤 『야간 비행』의
후반에 덤처럼 수록되어 있다. 명작으로 평가받는 『야간 비행』을 읽고 감동한
대부분의 독자는 읽는 김에 『남방 우편기』도 읽어 보지만 중간에 포기하고 「이
책의 주된 이야기는 읽었으니 본전을 뽑았다」라는 생각으로 책을 덮는다.

그러나 이런 이유로 그 작품 읽기를 포기한 사람에 대해 무척 안타깝게
생각한다. 적어도 나에게 『남방 우편기』는 『어린 왕자』만큼 중요한 작품이다.

두 작품을 비교하면 전체 구조가 놀라울 만큼 닮았다. 『어린 왕자』의 경우 사막에서 조난당한 조종사가 이야기꾼이 되어 있다(1인칭). 거기에 어린 왕자가 나타나고 자신의 과거에 대해 이야기하는데, 왕자가 별에서 별로 여행하고 지구에 도착할 때까지의 이야기는 이야기꾼이 객관적으로 묘사하며 진행한다(3인칭). 다만 왕자가 마흔세 번씩이나 석양을 봤다는 부분만은 이야기꾼이 왕자에게 말을 거는 문체로 되어 있다(2인칭).

이렇게 보면 『어린 왕자』에서도 시점과 시간의 흐름이 혼란스러울 것 같지만 이것을 쓴 생텍쥐페리는 이미 베테랑 작가이기 때문에 예를 들어 왕자에게 직접 말을 거는 부분도 한 군데에 그치고 서정성을 최대한 억제해서 썼다.

한편 『남방 우편기』는 거의 데뷔작이다(단편 습작은 있지만 장편으로는 최초의 작품이다). 신인 투수처럼 함부로 힘내고 조화를 깨버린 것 같다.

그러나 서술의 혼란으로도 받아들일 수 있는 지나친 감상적 문체에는 독특한 효과가 있다. 그에 대해서는 나중에 언급하기로 하고 일단 혼란을 정리하면서 『남방 우편기』라는 작품의 내용을 검토해 보도록 한다.

이 작품은 세 부분으로 나뉘어 있다. 제1부에서는 사막 속의 중계기지에 있는 이야기꾼의 주변 풍경과 툴루즈의 비행장에서 출발하는 벨니스의 모습과 관련한 이야기가 나온다. 제2부에는 2개월 전 벨니스가 휴가를 보낼 때의 에피소드가 나온다. 그리고 제3부는 다시 현재로 되돌아와서 중계기지를 거친 벨니스의 비행기가 조난당할 때까지의 이야기가 나온다.

1인칭으로 현재 상황을 언급하는 어조에서 과거를 회상하는 장면이 되어 현재 상황을 언급하는 어조로 되돌아오는 구성 역시 『어린 왕자』와 똑같다. 그러나 『어린 왕자』에서는 마지막 부분에서 내용이 고조되는 반면 『남방 우편기』의 제3부는 제2부의 감상적인 여운에 지나지 않는다. 그런 의미에서도 『어린 왕자』는 탁월한 작품이다. 어쨌든 『남방 우편기』의 중심인 제2부에서 무슨 일이 일어났는지 보도록 하자.

휴가를 파리로 간 비행사 벨니스는 그곳에서 어릴 때부터 알던 주느비에브라는 여성과 다시 만난다. 그녀는 정숙한 유부녀지만 그녀의 결혼생활은 그리 행복하지 않았다. 아이 때문에 남편과 간신히 살고 있을 뿐이었다.

벨니스와 재회한 주느비에브는 세상 때가 묻지 않은 조종사의 거칠면서도 순진한 인격체에 매혹된다. 물론 정숙한 주느비에브는 불륜을 저지를 여성이 아니다. 그러나 아이가 갑자기 병으로 세상을 떠나고, 그때 남편이 보여준 냉정한 태도에 절망한 나머지 주느비에브는 마음이 따뜻한 벨니스에게 위로를 받으려고 가출한다.

그런데 이렇게 해서 두 사람의 관계가 결실을 맺는가 하면 그렇지 않다. 이것은

로맨스와 같은 달콤한 이야기지만 백설공주나 신데렐라처럼 해피엔드가
아니다. 그렇다고 로미오와 줄리엣처럼 비극으로 끝날 것인가 하면 그렇지도
않다. 여기에 그려진 세계는 아주 현대적이고 현실적이다.

벨니스는 말주변이 없다. 조종사라는 직업은 다른 사람과 접촉하는 일이 아니기
때문에 어른이 되어서도 사교술은 조금도 세련되지 않았다. 순진하지만 아이
같은 말투밖에 구사하지 못한다. 절망의 늪에 빠진 주느비에브를 위로할 만큼의
화술을 갖추지 못했다.

게다가 벨니스는 가난하다. 가출한 주느비에브를 자신이 세 내어 사는 아파트로
데려왔지만 주느비에브는 그의 가난과 세련되지 못한 취향에 절망한다. 물론
주느비에브는 마음이 넓은 여성이기 때문에 가난 자체를 비난하지 않는다.
가출할 때 그 정도는 각오했다.

그러나 주느비에브는 태어날 때부터 상류 귀족의 가정에서 자랐다. 벽의 얼룩을
숨기기 위한 모조 그림이나 아프리카의 민예품은 주느비에브 눈에는 너무나도
조잡하기 이를 데 없다. 바닥에 깐 카펫도 마음에 들지 않는다. 세잔의 진짜
그림이 거실에 걸려 있는 집에서 자란 주느비에브는 가난한 사람의 소박한 생활
자체를 이해하지 못한다.

조잡한 그림을 떼어내고 카펫을 거둬내자는 주느비에브의 제안에 이번에는

벨니스가 곤혹스러워한다. 벽의 얼룩을 완전히 없애기 위해서는 벽지를 바꿀 필요가 있다. 바닥에 예쁜 널빤지를 깔려면 비용이 만만치 않다. 훌륭한 저택에 살던 주느비에브는 널빤지를 까는 데 얼마만큼의 비용이 드는지 전혀 모른다. "나는 이 카펫보다 보통 널빤지가 좋아요"라는 주느비에브의 말에 벨니스는 큰 상처를 받는다. 그녀가 말하는 「보통 널빤지」란 자기가 자라온 집에서 쓰던 호두나무 널빤지를 말한다. 그것은 귀족만이 누릴 수 있는 사치품 중 하나다. 자기 아파트에서의 삶을 견딜 수 없게 된 벨니스는 기분 전환을 위해 주느비에브를 데리고 스페인으로 여행가려 한다. 그러나 그의 오래된 차는 호우로 인해 고장이 나버리고, 온몸이 흠뻑 젖으면서 겨우 수리를 마치고 도착한 시골 마을의 호텔은 다 문을 닫았다.

겨우 문을 연 호텔을 찾았지만 거기는 상인을 위한 싸구려 여인숙이었다. 「희망과 영국 호텔」이라는 과장된 호텔 이름과 「각국 상인 특별할인」이라는 가난한 캐치프레이즈로 다시 한번 벨니스는 마음에 상처를 입는다. 결국 두 사람은 파리로 돌아가고 주느비에브는 그녀의 남편이 있는 집으로 되돌아가기로 한다.

절망한 벨니스는 목적도 없이 파리 시가지를 방황한다. 그리고 우연히 노트르담 사원 앞을 지나게 된다. 안으로 들어가 보니 신부가 설교를 하고 있었다. 신의

나라에 대해 이야기하는 신부의 말을 들으면서 그는 신부가 이처럼 신의 나라의
매력을 호소하고 종교가 이처럼 많은 사람의 마음을 사로잡았다는 것은 이
지상에는 다만 절망밖에 없는 것이 아닌가 하는 절망감에 가슴이 찢어질 것
같다.

독자 가운데에는 줄거리만 들으면 어디가 재미있는지도 모르고 무엇인가
부족하다고 느끼는 사람이 많을 것이다.

어쨌든 줄거리만 보면 서로 사랑하던 남녀가 가난 때문에 좌절하고 결국
헤어지고 만다는 삭막한 결말이다. 그러나 생텍쥐페리는 그런 현실을 아름다운
결말로 유도한다. 절망한 벨니스는 다시 조종사로 복귀했지만 그가 조종하는
비행기는 행방불명이 된다. 중계기지에서 걱정하는 이야기꾼에게 얼마 후 그가
조난당했다는 보고가 들어오지만 독자의 마음속에는 현실에 절망한 벨니스가
넓은 하늘에서 편안함을 만끽하고 어디까지나 끝없이 날아간 선명한 이미지가
남는다.

여기에 그려진 조종사는 『야간 비행』이나 『전투 조종사』에 나오는 사명감에
불타는 씩씩한 인물이 아니다. 현실 사회에서 잘 살아가지 못하는 나약한 자가
비행기 조종이라는 고독한 작업으로 도피하고, 급기야는 스스로 죽음의 땅으로
향한다는, 멸망의 미학으로 조종사라는 직업을 그리고 있다.

주인공 벨니스는 괴테의 『젊은 베르테르의 슬픔』이나 투르게네프의 『처녀지』,
또는 다눈치오의 『죽음의 승리』의 주인공과 같은 오로지 멸망으로 향하는
로맨틱한 캐릭터로 만들어졌다. 20세기 작품으로는 약간 오래된 타입의
인물상이라 해도 좋을 것이다. 이 작품이 프랑스 문단에서 그다지 평가받지
못한 것도 당연한 일이다.

그러나 『남방 우편기』는 생텍쥐페리의 당시 심경과 연애관이 아주 직설적으로
표현되었다고 생각한다.

이 작품은 로맨틱한 작품이지만 결코 황당무계한 판타지가 아니다. 오히려
로맨틱한 마음을 가진 사람이 가치관의 차이와 가난이라는 현실적인 문제에
당면하고 좌절하는 이야기다. 즉 현실을 잘 꿰뚫은 작품이다.

연애나 로맨스는 현실적인 문제 앞에서는 아주 약하고 허무한 것이라는 인식을
생텍쥐페리는 가지고 있는 것이다. 그 인식은 말할 것도 없이 젊었을 때
파혼당한 쓰라린 경험에서 비롯한 것이라 생각한다.

20대 중반쯤 생텍쥐페리가 루이즈 드 빌모랭이라는 귀족 딸과 약혼했다가
파혼당한 얘기는 이미 앞에서 썼다. 경제적인 문제가 해결되지 않은 결혼생활은
유지하기 힘들다는 생각에 생텍쥐페리는 넓은 하늘을 나는 꿈을 포기하고 타일
만드는 회사의 사무원이 되고, 그 다음에는 트럭 판매원이 되었지만 18개월

동안 트럭을 한 대밖에 팔지 못하는 비참한 처지에 놓이고 만다.

생텍쥐페리가 본격적으로 조종사를 지망한 것도 이 쓰라린 경험과 관계가 없지 않을 것이다. 소년 시절부터 하늘을 동경한 생텍쥐페리는 군대에서 경험을 쌓고 나중에 본격적으로 조종사라는 직업을 갖는다.

어릴 때부터 넓은 하늘을 동경해 온 것은 사실이지만 그 뒤 생텍쥐페리는 하늘에서밖에 살지 못한다는 인상을 줄 만큼 비행기에 대해 집착한다. 비행기에 대한 집착은 작가로서의 명성과 부를 얻은 뒤에도 계속되고, 끝내 조종사로서 죽기 전까지 지속되었다.

생텍쥐페리에게는 현실에 대한 강한 혐오와 현실에서 도피하려는 집착이 있었다. 그것은 단순히 가난 때문에 파혼당한 경험에서 나온 것만은 아닐 것이다. 파혼당하는 사람은 얼마든지 있다. 아마 생텍쥐페리의 현실에 대한 강한 혐오는 타고난 기질과, 소년 시절에 세상과 동떨어진 성에서 생활한 성장 배경에 기인한 듯하다.

이러한 것을 고려할 때 『남방 우편기』는 생텍쥐페리의 기질이 잘 결실을 맺은 예술작품이다.

제2부의 내용만으로는 가난으로 인한 연애의 좌절을 그린 리얼리즘 소설이라 생각하기 쉽지만 이 작품에는 앞뒤에 제1부와 제3부가 액자처럼 배치되었다.

제1부의 주된 내용은 벨니스의 고향에 대한 추억이다. 이 작품에서는 이야기꾼과 벨니스를 소꿉친구로 설정했기 때문에 주인공 벨니스의 소년 시절은 이야기꾼의 소년 시절과 겹친다. 따라서 객관적으로 서술해야 하는 이야기꾼의 구조는 감정이 개입해 자기도 모르게 톤이 높아지고 감상적으로 노래하는 어조로 되어 버렸다. 물론 여기서는 작가인 생텍쥐페리 자신의 소년 시절 감각이 아름답게 재현되어 있다.

제3부 상심한 벨니스의 비행도 이야기꾼이 감상적으로 노래하듯 그렸다. 물론 이것도 조종사로서의 경험이 있는 생텍쥐페리 자신의 감각에서 생긴 문체다.

내가 여기서 「감상적」이라는 말을 많이 썼지만 비판적인 의도가 아니다.

「어른들」에게 감상적이라는 것은 올바른 인식에서 빗나간 배제해야 할 것일 수도 있다. 하지만 오래된 연못에 개구리가 뛰어들었을 때의 소리에도 마음이 움직인다는 하이쿠(俳句: 일본의 단형시)의 정신도 감상적인 것이다.

이처럼 문학이란 원래 감상적인 것이다.

감상적인 제1부와 제3부 사이에 끼어 있기 때문에 더더욱 외로운 현실을 그린 제2부가 눈에 띄는 것이다.

고향 풍경은 지나간 미(美)다. 게다가 생텍쥐페리가 시적인 문체로 그리면 현실에 있는 풍경이라 생각할 수 없을 만큼 환상적인 매력을 느낄 수 있다.

한편 비행기에 관한 에피소드는 조종사가 직업인 사람에게는 현실이자
일상이다. 그러나 이 시대에 조종사라는 직업은 특수한 것이며 환상적인 꿈과
같은 일이었다는 것도 사실이다.

고향에 대한 환상, 그리고 넓은 하늘을 나는 환상.

벨니스의 슬픈 에피소드는 두 가지 환상이 모두 포함되어 있다. 환상과 현실을
대비하고 대립했다. 그러나 동시에 제2부의 현실적인 세계도 독특한 감상적
문체로 그려졌고, 앞뒤 장과 교묘하게 연결되어 마치 한 장의 천으로 짜인
듯하다.

『남방 우편기』는 가난한 조종사가 현실의 벽에 부딪치고 좌절하는 이야기가
아니다. 스토리만 따라 읽으면 그런 줄거리지만 앞뒤에 두 가지 환상을
배치함으로써 현실의 연장선에 현실보다 더 아름다운 세계가 있다는 것을
제시하고, 인간이 살아간다는 것이 얼마나 매력적인가를 문학의 힘으로
독자에게 호소한 것이다.

이 시도는 크게 성공했다.

내가 앞에서 열거한 괴테와 투르게네프, 그리고 다눈치오의 작품은 현실에 패한
주인공이 스스로 죽음을 택한다는 멸망의 미학을 그린 것이다. 벨니스의 죽음도
거의 자살에 가까운 것이지만 여기서는 더 적극적으로 현실보다 귀하고

아름다운 관념의 승리를 독자에게 제시한다.

관념의 승리. 그것은 말하자면 사막 한가운데에 나타나는 신기루와 같은

것이다. 사막 가운데에 있는 중계기지에서 생텍쥐페리는 날마다 마음속에

떠오른 환상을 바라보았을 것이다.

거기에 그려진 이미지는 현실에는 결코 존재하지 않는 미다. 오로지 환상

속에서만 살짝 엿볼 수 있는 꿈의 세계. 관념 속에서만 존재하는 아름다움이다.

현실에 존재하지 않고 개념 속에서만 존재하는 것을 그리스의 철학자 플라톤은

이데아라 불렀다. 플라톤은 이데아의 세계야말로 진실의 세계이며 우리가 보는

현실세계는 이데아의 그림자에 지나지 않는다고 생각했다.

이데아란 우리가 눈으로 보는 현실세계 저쪽에 있는 이상의 세계를 말한다.

우리가 바라보는 현실세계에도 아름다운 것이 많다. 그러나 그것은 단순한

그림자에 지나지 않는다. 그림자의 기초가 되는 본체를 플라톤은 미의 이데아라

했다. 그것은 바꿔 말하면 구체적인 여러 사물에 숨어 있는 아름다움의 본질과

같은 것이다. 플라톤은 「미의 이데아」란 「미 그 자체」라고 하였다.

미뿐만 아니다. 「바르다」는 개념의 본질, 즉 「바름 그 자체」라는

「바름의 이데아」가 있다.

중요한 것은 눈에 보이지 않는다.

이 책 제1장에서 『어린 왕자』의 번역자 나이토 아로 씨가 「인생을 이해하는 사람」이라는 문장을 「물건 그 자체를, 사물 그 자체를 소중히 하는 사람」이라고 번역한 부분을 소개한 적이 있다.

아마 나이토 씨의 머릿속에는 플라톤의 이데아라는 사고방식이 있었을 것이다.

인생을 이해한다는 것은 「인생 그 자체」를 이해하는 사람이라는 뜻이다.

동시에 인생과 관련한 여러 가지의 본질, 즉 이데아를 파악하는 사람이야말로 인생을 이해하는 사람이라 할 수 있다.

미 그 자체, 바름 그 자체, 그리고 사랑 그 자체, 이런 다양한 것의 이데아를 이해하고 이데아를 소중히 여기는 사람. 그런 사람을 나이토 씨는 「물건 그 자체를, 사물 그 자체를 소중히 하는 사람」이라고 번역한 것 같다.

눈으로 보이지 않는 중요한 것이란 곧 이데아를 말한다.

눈으로는 보이지 않지만 영혼으로는 볼 수 있다.

생텍쥐페리가 『남방 우편기』에서 말하려 한 것도 이데아 세계에서의 사랑, 곧 「사랑 그 자체」의 소중함이라고 나는 생각한다.

사랑의 이데아는 「플라톤의 사랑(플라토닉 러브)」이라고 한다. 현실세계에서의 연애결혼에는 성애나 체면, 경제문제가 얽히는 경우가 많지만 그런 것을 다 배제한 순수한 사랑이야말로 플라토닉 러브다.

『남방 우편기』의 제2부에서 그린 벨니스의 사랑은 경제문제로 좌절하고 만다.
그러나 거기에서 잃어버린 것은 현실적인 사랑, 즉 눈으로 보이는 사랑이다.
사랑의 도피를 한다거나 결혼을 하는 등 해피엔드로 끝나는 현실의 사랑은
이루어지지 않았지만, 벨니스의 마음속에 있는 사랑의 이데아는 영원히 깨지지
않는다.

사랑의 이데아가 벨니스의 소년 시절에 생긴 것임을 지은이는 제1부에서
제시하고, 그 사랑의 이데아가 영원하다는 것을 제3부에서 보여 주었다.
사랑의 이데아는 벨니스와 함께 넓디넓은 하늘 저편으로 영원히 사라졌다.
이렇게 말하면 이상이란 현실세계에서는 절대로 실현되지 않는 것인가 하는
의문이 생긴다. 그러면 이 세상에는 다만 절망만이 있는 것은 아닐까. 그렇게
느끼는 독자도 많을 것이다. 노트르담 사원의 장면에서는 특히 절망을
강조한다. 내면을 토로하는 이 부분은 작가 자신의 절망감을 반영한 것이
아닌가 하는 생각이 든다.

『남방 우편기』를 쓸 때 생텍쥐페리의 가슴속은 절망감으로 가득 찼던 것은
사실이었다. 현실을 외면하고 관념적인 이상을 이야기한다는 것은 중세의
로맨스 이래 문학의 전통일지도 모른다.

그러나 『남방 우편기』를 쓴 28세에서 『어린 왕자』를 쓴 42세 사이에 작가의

연륜에 맞게 인생관도 변했다. 오래 살다 보면 인간으로서 성숙함은 물론 지은이의 경우 문학관도 성숙하고 문장을 쓰고 작품을 구성하는 기량 역시 넓어졌다는 점에서 성숙도는 더 증가한다.

따라서 『남방 우편기』와 『어린 왕자』는 비슷한 구조로 서술되어 있지만 거기에서 전해지는 작가의 메시지에는 큰 차이가 있다. 물론 연애관에도 차이가 있다.

그 점에 관해서는 다음 제6장에서 언급하기로 하고 여기서는 28세부터 42세 사이에 생텍쥐페리에게 무슨 일이 있었는지를 다시 확인해 보려 한다. 그의 인생관과 연애관이 왜 변했을까? 물론 작가가 깊이 생각함으로써 변하기도 했지만 생텍쥐페리의 경우 그의 실제 인생에서도 큰 영향을 받았다.

인생관의 변화라는 점에서 남미 항공로의 개설이 큰 의미를 지니고 있었다. 프랑스에서 아프리카를 지나 남미에 이르는 우편기의 루트 개설로 수요가 크게 많아지면서 조종사의 책임도 막중해졌다. 『야간 비행』에서 중요한 주제가 된 「사명감」도 생텍쥐페리 자신의 실제 경험에서 생긴 것이다.

그것은 특정한 한 이성에 대한 사랑이 아니라 더 광범위하고 큰 것이다.

인류애라고 해도 지나친 말이 아니다.

비행기에 실린 편지와 소포들은 중요한 것이다. 지금도 배편보다 항공편 요금이

비싸지만, 이제 막 비행기로 운반하기 시작한 당시엔 요금이 더 비쌌을 것이며 그만큼 중요한 편지와 짐을 운반했을 것이다.

편지 속에는 중요한 상거래용 편지가 있는가 하면 러브레터도 있었을 것이다. 짐 가운데엔 고가의 상품도 있고 사랑하는 사람에게 보내는 선물도 있었을 것이다. 그런 중요한 것을 보내기 때문에 책임이 크다. 사고를 일으켜 짐을 잃어버려서도 안 되고, 빠른 운반이 자랑인 비행기이므로 늦거나 결항되어서도 안 된다. 『야간 비행』에서도 그랬듯이 조종사는 사명감을 가지고 밤에도 날아야 하고 돌풍 속에도 돌진해야 한다.

작품으로 그려진 『야간 비행』에는 약간 이상화한 부분이 있을지 모르지만 조종사들이 사명감을 가진 것만은 분명한 사실이었다. 특히 동료 앙리 기요메가 한때 안데스에서 조난당했다는 긴박한 처지에 놓임으로써 생텍쥐페리는 인간으로서, 또 작가로서 한층 성장했을 것이다.

카사블랑카와 다카르 주변만 비행했을 때 생텍쥐페리에게는 아직 사명감이라는 것이 없었을 것이다. 그것보다는 견딜 수 없는 현실에서 도피하기 위한 도피 수단으로 조종사라는 직업을 택했을 것이다.

이상적인 사랑은 이 지상에 존재하지 않는다.

그것을 그린 것이 『남방 우편기』라는 작품이다.

그러나 그 뒤 남미에서 조종사 일을 하면서 연애보다 더 큰 인류애에 눈뜨고 사명감을 가지고 생명을 건 조종사라는 직업을 통해 이데아의 사랑이 현실에 존재한다는 것을 생텍쥐페리는 깨닫게 되었다.

그리고 그것을 『야간 비행』에 잘 표현했다.

다만 그것은 인류애이지 남녀간 연애가 아니다.

인류애나 휴머니즘은 신의 사랑을 대신해 인간을 지탱하는 것으로 19세기에 창안된 이념이다.

기독교는 아직까지도 힘이 있지만 과학의 시대인 근대를 살아가는 사람 가운데에는 성경에 써 있는 기적을 단순히 믿지 않는 사람도 나타났다.

생텍쥐페리는 신에 대해 언급하지 않는 작가다. 결코 무신론자는 아니지만 신에게 쉽게 의존하려 하지 않는다.

『어린 왕자』를 다시 생각해 보자. 신비적인 이야기인데 신은 한번도 등장하지 않는다. 조난당한 조종사도 신에게 기도하지 않고 어린 왕자도 신에게 도움받으려 하지 않는다. 두 사람은 신에 대해 생각도 하지 않는다.

『남방 우편기』에서 현실에 좌절한 주인공 벨니스가 노트르담 사원에 들어가는 장면이 있기는 하지만, 그는 신에게 도움을 받으러 간 것이 아니다. 오히려 신에게 기도한다는 것은 이 세상에 대해 절망하는 것이 아닌가 하는 회의를

던진다.

주인공 벨니스도 절망하고 있었다. 그러나 그는 신에게 기도하지 않았다.

신에게 기도하는 대신 그는 비행기의 조종간을 잡고 넓은 하늘로 날아올랐다.

따라서 벨니스는 천국에 간 것이 아니다. 그러면 어디로 갔을까? 굳이 말하면

이데아의 세계로 떠났다.

이데아의 세계는 이 세상과 다르다. 그 점에서 보면 천국과 마찬가지다. 그러나

인류애는 이 세상에 충실한 세계를 구축한다. 휴머니즘은 지상에 낙원을 만드는

마법의 지팡이와 같은 것이다.

조종사들은 신에게 받은 사명을 다하는 것이 아니다. 신을 위해 생명을 바치는

것도 아니다. 사람을 위해 생명을 걸고 일하는 것이다.

사는 보람이나 살아 존재한다는 것에 대한 만족감이라는 것이 인류애에 기인한

사명감에서 얻어진다는 것은 어느 정도 인정해도 될 것이다.

그러면 생텍쥐페리에게 연애란 무엇이었을까.

연애는 개인적인 것이다.

인류애나 휴머니즘과 관계 없는 개인적인 욕망이라 할 수 있다.

가난 때문에 파혼당할 수밖에 없던 생텍쥐페리는 절망 끝에 사막 속의 고독한

중계기지에서 『남방 우편기』라는 훌륭한 작품을 완성했다. 역경을 딛고 예술이

탄생한다는 하나의 좋은 예라 할 수 있다.

이 작품은 문단에서 인정받지 못하고 작가로서의 수입도 거의 없었지만 책을
한 권 써냈다는 것 자체가 앞으로 나아가는 한 걸음이 되었음은 틀림없다.
어쨌든 자신의 책을 출판했기 때문에 작가로서의 출발점이 되었고 서정적인
작품을 한 권 씀으로써 꺼림칙하던 것이 싹 가시어 다음 작품에서는 서정성을
억제할 수 있었다. 『남방 우편기』가 없었다면 『야간 비행』의 성공도 쉽지
않았을 거라는 생각이 든다.

『야간 비행』은 문단에서 평가받고 베스트셀러가 되었으며 또 영화화되어
생텍쥐페리는 일약 유명 작가가 되었다. 유명해짐과 동시에 부자가 되어 그는
이제 『남방 우편기』의 벨니스와 같은 가난한 무명 청년의 처지에서 벗어났다.
생텍쥐페리가 아내 콩쉬엘로를 만난 것은 『야간 비행』이 성공하기 전이었지만
이미 그에게는 조종사로서 안정된 수익이 있었다. 또 『남방 우편기』라는 저서도
있었기 때문에 특히 문학을 애호하는 콩쉬엘로에게는 미래의 대작가와
사귄다는 데 대한 만족스러움과 기대감이 있었을 것이다.

이때 이미 생텍쥐페리는 단순히 말주변이 없는 몸집이 큰 남자가 아니었다.
생텍쥐페리는 휴가를 내어 콩쉬엘로를 데리고 프랑스로 갔다. 벨니스가
주느비에브에게 해주지 못한 사치스러운 생활을 부자가 된 생텍쥐페리는 해줄

수 있었다.

그 뒤 생텍쥐페리 부부는 계속 호텔에서 생활했다. 생텍쥐페리는 자가용 비행기를 구입하여 하늘로의 여행을 계속하지만 콩쉬엘로는 파리의 호텔에서 사치스럽고 자유로운 생활을 계속 누렸다. 결혼한 한 남자로서 생텍쥐페리는 과연 행복했을까?

콩쉬엘로는 매력적인 여성이었지만 남편의 좋은 파트너로서 뒤에서 가정생활을 꾸리는 현모양처는 아니었다. 『남방 우편기』에 등장하는 정숙한 아내 주느비에브와는 전혀 다른 타입의 여성이었다.

사막 한가운데의 중계기지에서 남몰래 장편을 썼을 때의 생텍쥐페리에게는 정숙한 여성에 대한 동경이 있었을 것이다. 그러나 한 편의 작품을 통해 그는 어떤 인식을 갖게 되었다.

소설가는 소설을 쓰면서 성장한다. 마음속에서 일어나는 의문이나 고뇌를 작품을 쓰면서 그것에서 벗어나고 작품을 완성시키면서 어떤 성취감을 얻는 것과 동시에 작가로서 탈피하고 급속히 성장한다.

마치 컴퓨터 게임에서 한 단계를 극복하면 다음 단계에 진출하는 것처럼 소설가는 작품 하나를 완성시킴으로써 다음 수준으로 올라간다.

생텍쥐페리는 『남방 우편기』에서 사랑의 좌절을 그렸다. 주인공이 죽고

한 단계가 끝난 것이다. 그는 이 작품을 씀으로써 궁극적인 절망을 경험하고 인식하고, 그리고 헤쳐나간 것이다.

절망 끝에는 무엇이 있을까?

인류애가 그 답 중의 하나가 될 수 있다. 생텍쥐페리는 조종사라는 직무에 사명감을 느낀 동시에 조종사의 사명감을 소설로 묘사하는 일에 대해서도 사명감을 느꼈을 것이다.

『야간 비행』에서 한 단계를 극복한 그는 다음 단계에 진출한다. 즉 공군 조종사를 그린 『전투 조종사』이다.

같은 조종사라 해도 우편기와 달리 공군기는 더 중대한 사명감을 가져야 한다. 평화가 오래 지속되는 시대를 사는 우리에게는 전쟁이라고 하면 막연하게 좋지 않은 이미지가 있을 뿐이지만 제2차 세계대전 때에 독일은 완전히 적이었다. 유대인 학대는 변명의 여지없는 악행이었고, 프랑스인인 생텍쥐페리에게 독일군은 고국을 침략한 적군이었다.

생텍쥐페리는 단순한 작가가 아니었다. 작가로서 유명해진 뒤에도, 그리고 『어린 왕자』를 쓴 뒤에도 조종사를 계속 고집하고 스스로 나서서 공군에 참여했다. 생텍쥐페리 자신이 조종사라는 직무에 끝까지 사명감을 느낀 것은 확실했다.

그러면 그의 연애는 어땠을까?

적어도 『남방 우편기』의 여자 주인공 주느비에브와 같은 정숙한 타입의 여성에
대한 동경은 작품을 쓰면서 사라졌을 것이다. 그런 의미에서 생텍쥐페리는
「어른」이 된 것이다.

콩쉬엘로와 결혼하고 『어린 왕자』를 쓸 때까지 10년 정도의 세월이 흘렀는데
뉴욕에 대저택을 빌려 『어린 왕자』를 집필하던 마지막 시기를 빼면 두 사람은
대부분 별거상태였고 어떻게 봐도 「부부」라 할 수 없었다.

그 사이 생텍쥐페리가 계속 외롭게 글만 쓴 것은 아니었다. 무엇보다 그에게
연인이란 비행기 그 자체였고, 또한 동료 조종사와 기관사였다. 비행기를 안 탈
때는 여자친구도 사귀었다.

문단에서 평판이 좋지 않은 『남방 우편기』를 쓴 직후 단 한 사람 생텍쥐페리를
응원해 준 이본 드 레트란주는 그녀의 어머니가 문학 살롱을 주최한 관계로
오래 알고 지낸 사이였다. 또 『남방 우편기』를 촬영할 때는 당시 촬영 스태프의
한 사람으로 영화 촬영시 기록계원을 맡은 프랑수아즈 지루와 친해졌다.

그녀는 나중에 유명한 저널리스트가 되었다.

그리고 생텍쥐페리가 직접 각본을 쓴 영화 〈안 마리〉에서 주역인 여성 조종사를
맡은 할리우드의 인기 여배우 아나벨라. 그녀는 생텍쥐페리가 미국으로 건너간

뒤 가장 친하게 지낸 여성이다. 또 생텍쥐페리의 생애 마지막 편지를 남긴

오래된 펜팔 친구 X부인, 『어린 왕자』에 나오는 여우의 모델이 된 것으로

추측되는 시르비아 라인할트도 소중한 친구였다. 그리고 몇 명의 젊은 여성들이

뉴욕에 있는 그의 방을 자주 드나들었다.

그러나 그런 여성들은 단지 친구일 뿐이었다. 아내인 콩쉬엘로마저 친구 중

하나가 아니었을까.

인류애에 눈뜨고 사명감을 갖고 끝까지 조종사를 고집한 생텍쥐페리는 그것

자체에서 살아가는 만족감을 느낀 것이 아닐까. 물론 작가라는 직업에도

사명감을 가지고 있었을 것이다.

그러나 연애에 관한 한 사막 한가운데 중계기지에서의 생활 이후 계속 변화가

없던 게 아니었을까 하는 생각이 든다.

즉 생텍쥐페리는 깊은 절망감에 빠진 것이다.

그 절망에서 어떻게 해서라도 빠져나오려고 『어린 왕자』를 쓴 것이 아닐까.

『남방 우편기』 이후 10여 년의 세월이 흐른 뒤 생텍쥐페리는 다시 사랑의

이데아를 그릴 결심을 한 것이다.

6
나는 나의 장미꽃에 책임이 있다

제5장에서는 『남방 우편기』와 『어린 왕자』의 구성상 비슷한 점에 대해
언급했다.

이야기꾼이 1인칭으로 이야기하는 부분과 3인칭으로 주인공에 대해
이야기하는 부분, 그리고 이야기꾼인 주인공에게 말을 거는 세 가지 서술이
있다는 점이 그 비슷한 점이다.

그러나 더 근본적인 유사점이 있다.

바로 주인공이 이야기꾼의 분신이라는 점이다.

『남방 우편기』에서는 이야기꾼과 주인공의 캐릭터를 정확히 구별해 묘사하지
못했다. 그렇기 때문에 이야기꾼에게는 존재감이 없고 서술이
혼란스러워졌다는 인상을 남기고 말았다.

10여 년이 지난 뒤에 쓴 『어린 왕자』는 역시 깊이 생각하고 구성했기 때문에

그러한 혼란스러움은 보이지 않는다. 분신이라 해도 어린 왕자는 말하자면 이야기꾼(생텍쥐페리 자신이라 생각해도 될 것이다)의 소년 시절의 상징이라 할 수 있는 캐릭터이며, 이야기꾼은『야간 비행』에서 억제한 세계를 거친 안정된 캐릭터로 등장한다.

이야기꾼과 어린 왕자의 캐릭터가 분명히 다르기 때문에 그려진 세계가 안정된 느낌을 준다.

예를 들어 이야기꾼인 조종사는 비행기의 수리에 쫓겨 왕자가 하는 이야기를 제대로 듣지 않는다. 그래서 대충대충 대답하는데 그것을 보고 왕자가 "어른 같다"고 비판한다. 여기서는 어른이 된 조종사와 어린 왕자의 대비가 명확히 그려졌다.

그러나 역시 어린 왕자는 생텍쥐페리의 분신이다. 마흔세 번씩이나 해가 지는 광경을 바라본 것은 마흔세 번째 생일을 앞둔 생텍쥐페리 자신이다.

『어린 왕자』는 사랑의 이야기다. 보다 더 정확히 말하면 사랑의 좌절에 대한 이야기이며 더 정확히 말하면 좌절한 사랑을 회복하는 이야기라 할 수 있다. 왕자는 꽃을 사랑하지만 꽃과 사소한 말다툼을 한 끝에 왕자는 고향 혹성을 벗어나 여행을 떠난다. 그리고 오랜 여행 끝에 지구에 도착한다.

그곳에서 무슨 일이 일어났을까?

친구를 찾으려고 높은 산 꼭대기에서 말을 거는 왕자에게 대답하는 것은 오직 메아리뿐이다. 왕자의 눈에 지구는 '여기는 모든 것이 메마르고 모든 것이 뾰족뾰족하고 모든 것이 소금투성이다. 게다가 사람들은 상상력이 없다. 여기 사람들은 다른 사람이 한 말만 되풀이할 뿐이다……' 는 이미지를 갖게 된다. 친구가 하나도 없는 외로운 마음으로 어린 왕자는 어디로 간다는 목적도 없이 걸어간다. 그때 어린 왕자의 눈앞에 꽃이 만발한 정원이 나타난다. 꽃들은 모두 왕자 자신이 살던 고향 혹성에 남기고 온 소중한 것과 꼭 닮은 모습이다(제20장).

"너희들은 누구니?" 깜짝 놀란 어린 왕자가 그들에게 물었다.
"우리는 장미꽃이야." 장미꽃들이 말했다.
"아, 그래?"
그러자 어린 왕자는 자신이 아주 불행하게 느껴졌다.
이 세상에 자기와 같은 꽃은 하나뿐이라고 그의 꽃은 그에게 말해 주었던 것이다. 그런데 정원 하나 가득 똑같은 꽃들이 5천 송이나 피어 있는 게 아닌가!
'내 꽃이 이걸 보면 몹시 상심할 거야' 하고 어린 왕자는 생각했다. '기침을

지독히 해대면서 창피한 모습을 보이지 않으려고 죽는 시늉을 할 거야. 그럼 난 간호해 주는 척하지 않을 수 없겠지. 그렇지 않으면 내게 죄책감을 주려고 정말로 죽어 버릴지도 몰라……'

그리고 어린 왕자는 풀숲에 엎드려 운다.

자, 여기서부터 이 『어린 왕자』라는 작품의 가장 중요한 부분이 시작한다.

즉 여우의 등장이다.

사하라 사막에 둘러싸인 중계기지에 부임했을 때 고독한 생텍쥐페리의 마음을 위로한 것이 뱀과 여우였다. 뱀을 보고 있으면 마음이 놓인다는 것도 이상한 이야기이지만 다른 동물이 없었기 때문에 뱀도 귀중한 친구였다. 뱀으로도 마음의 위로가 될 정도니 여우는 애완동물이나 다름없다.

여우가 왕자에게 말을 건다. 바로 모습이 보이지 않았지만 주위를 잘 살펴 보니 사과나무 밑에 예쁜 여우의 모습이 보인다.

"이리 와서 나와 함께 놀아. 난 정말 슬프단다……." 어린 왕자가 제의했다.
"난 너와 함께 놀 수 없어." 여우가 말했다. "나는 「정들여지지」
않았으니까."

"아, 미안해." 어린 왕자가 말했다.

그러나 잠깐 생각해 본 뒤 그는 다시 말했다.

"「정들인다」는 게 뭐지?"

"너는 여기 사는 애가 아니구나. 넌 무얼 찾고 있지?" 여우가 물었다.

"난 사람을 찾고 있어." 어린 왕자가 말했다.

"「정들인다」는 게 뭐지?"

여기서 내가 「정들이다」로 번역한 「아프리브와제」라는 말은 「길들이다」라는
타동사로 나이토 씨도 이렇게 번역했다. 야생동물을 「가축화한다」 정도의
뜻이다. 즉 여우는 자신이 아직 가축이 된 게 아니라고 말한다.
그러나 물론 「가축화한다」고 번역해서는 안 된다. 이 말에는 강제적으로
가축화한다는 일방적인 것이 아니라 서로가 아는 사이가 되고 「서로
친해진다」는 뉘앙스가 숨어 있기 때문이다.
위의 내용 조금 뒤에, 직역하면 「꽃은 나를 가축화했다」는 부분이 나오는데
여기는 꽃이 왕자를 강제적으로 길들인 것이 아니라 서로 친해져 헤어지는 게
괴로웠다 정도의 뜻이다.
일본어에는 「정들다」는 멋진 말이 있다. 나이토 씨도 이 부분을 그런 뜻으로

번역했다.「정들인다」는 타동사가 서로「정들다」는 자발적인 뜻이 되어
거기에서「그립다」라는 감정이 생기는 것이다.

이 작품의 바로 키워드라고 할 수 있는 것이 이「정들다」는 말이다.

그래서 나는「정들다」라는 뉘앙스와 관련시키기 위해「가축화하다」도
「길들이다」도 아닌「정들이다」라는 타동사로 표현해 보았다.

어린 왕자는 몇 번씩이나 같은 질문을 한다. "「정들인다」는 게 뭐지?"라는
질문도 끈질기게 한다.

그리고 마지막에 여우는 이렇게 대답한다.

　　　"그건 너무나 잊혀지고 있는 거지." 여우가 말했다. "「정들인다」는 것은
　　　「연분을 맺는다……」는 뜻이야."

여기서「연분」이라 번역한「리엔」이라는 말에는「밧줄」이나「끈」이라는 뜻이
있다.「가축화한다」에 대해 가축을「끈으로 매놓다」는 뜻이 포함되어 있다.
나이토 씨는「친해진다」라고 번역했지만 이 말의 배경에는「서로를 끈으로
묶다」「서로 속박하다」라는 뉘앙스가 숨어 있다.

이야기가 점점 핵심에 다가간다.

말할 것도 없이 생텍쥐페리는 「사랑」의 본질에 대해 말하려 한다. 「사랑」이란 「정들이다」라는 일에서 시작하고 서로 「정들」게 되어 상대방을 「그리워하게」 된다. 그것은 결국 여우의 말에 따르면 「서로를 속박한다」는 것이다.

나는 가능한 한 『어린 왕자』의 전체적인 톤에 맞춰 아름답게 표현하려고 「정들다」는 표현을 쓰지만 생텍쥐페리의 원문을 즉물적으로 받아들이면 이렇게 표현해도 될 것이다.

　　"「가축화한다」는 게 뭐지?"

　　"끈으로 묶는다는 뜻이야."

이것이 「사랑」의 「본질」이라면 독자들은 절망적인 기분이 들 것이다. 그래서 다음과 같이 바꿔 말해 본다.

　　"「정든다」는 게 뭐지?"

　　"「연분」으로 맺어진다는 뜻이야."

어떨까? 뉘앙스가 전혀 다르다. 번역이란 어려운 작업이다. 때로는 번역이

불가능한 부분도 있다. 위의 두 번역 중 어느 쪽이 적당하냐고 물어도 대답하기 어렵고 원문에는 양쪽 뉘앙스가 다 담겨 있다.

『어린 왕자』를 아름다운 동화라 생각한다면 「정들다 · 연분」이라는 말을 써야 할 것이다. 그러나 이 부분에서 철학이나 인생론, 또는 연애론을 짐작하려면 「가축화 · 끈」이라는 번역도 머릿속에 넣어두는 것이 좋을지도 모르겠다.

사랑이란 서로를 속박하는 것이 아닐까? 속박한다는 것은 자유롭지 못하다는 뜻이기 때문에 즐거운 일이 아니다. 자유롭지 못한 상태를 서로 견뎌 나간다. 그것은 괴로운 일일지 모르지만 그 괴로움을 같이 이겨냄으로써 사랑하는 감정이 생기고 나중에는 최고의 사랑을 키울 수 있게 된다.

어쨌든 여우의 설명에 귀를 기울여 보자.

"연분을 맺는다고?"

"그래." 여우가 말했다. "넌 아직은 나에겐 10만 명의 다른 소년들과 다를 바 없는 한 소년에 지나지 않아. 그래서 난 너를 필요로 하지 않고, 너도 날 필요로 하지 않지. 난 너에겐 10만 마리의 다른 여우와 똑같은 한 마리의 여우에 지나지 않아. 하지만 너랑 내가 서로 「정들면」 우리는 서로를 필요로 할 거야. 넌 나에게 이 세상에 오직 하나밖에 없는 아이가 되고, 난 너에게

이 세상에 오직 하나밖에 없는 여우가 되는 거지……."

여우의 이 설명에 대해 왕자는 다음과 같이 말을 계속한다.

　　"무슨 말인지 알 것 같아." 어린 왕자가 말했다. "꽃 한 송이가 있는데……

　　그 꽃이 나에게 「정들었던」 것 같아……."

여기서 나는 "그 꽃이 나에게 「정들었던」"이라고 번역했다. 이것을 "그 꽃이

나를 사육했다"고 번역해도 틀린 것은 아니다. 사실 왕자는 꽃이 하라는 대로

물을 주거나 유리 덮개를 씌워 주는 등 궂은일을 다했다. 마치 가축이나

노예처럼.

이것도 하나의 진리라 할 수 있을지 모른다.

이렇게 보면 지금 내가 하고 있는 말은 「어린 왕자에 숨겨진 무서운

이야기」라는 느낌이 든다.

어떻게 보면 사랑이란 무서운 것일지도 모른다.

그러나 여우의 다음과 같은 긴 독백을 들으면 사랑이란 그리 나쁜 것이

아니라는 생각이 든다.

"내 생활은 단조롭단다. 나는 병아리를 쫓고 사람은 나를 쫓지. 병아리는 모두 똑같고 사람도 모두 똑같아. 그래서 난 좀 심심해. 하지만 너와 내가 「정들게」 되면 내 생활은 환히 밝아질 거야. 다른 모든 발자국 소리와 구별되는 발자국 소리를 나는 알게 되겠지. 다른 발자국 소리들은 나를 땅 밑으로 기어 들어가게 만들 테지만 너의 발자국 소리는 나에게 음악처럼 들려 땅 밑 굴에서 나를 밖으로 불러낼 거야! 그리고 저길 봐! 저기 밀밭이 보이지? 난 빵은 먹지 않아. 밀은 내겐 아무 소용도 없는 거야. 밀밭은 나에게 아무것도 생각나게 하지 않아. 그건 서글픈 일이지! 그런데 너는 금빛 머리칼을 가졌어. 그러니 너와 내가 「정들게」 되면 정말 근사할 거야! 밀은 금빛이니까 밀밭을 보면 네가 생각날 거거든. 그럼 난 밀밭 사이를 스치는 바람소리를 사랑하게 될 거야……."

밀밭. 바람소리. 그때까지 아무것도 아니던 것이 소중하게 느껴진다. 사랑이란 너무나 멋진 것이다.
여기까지 보면 생텍쥐페리의 연애관이 분명히 보이는 것 같다.
생텍쥐페리는 연애란 생활 속에서 생기고 생활을 통해 깊어간다고 생각하는 것이다.

우리가 평생 만날 수 있는 사람은 몇 명이나 될까? TV에서 본 사람은 예외로
하고 고향의 이웃사람에서 학교 동창생, 직장 동료, 취미를 통해 알게 된 사람,
누군가가 소개해 준 사람 등 도시처럼 인구가 많은 곳에서 살면 몇만 명과 만날
가능성이 있다.

예를 들어 10만 명을 만났다고 해도 그 중 몇 명만이 친구가 되고 연인이 된다.
우정과 사랑이 어디에서 생기냐 하면 그것은 시간을 주고 공통의 체험을
쌓아가는 것이라 생각한다.

형제가 특별한 무게를 가진 것도 같은 핏줄(유전자가 비슷해 기질도
닮았다고도 생각할 수 있다)이라는 것뿐만 아니라 같은 가정, 같은 집, 같은
고향에서 살았기 때문에 공통된 체험이 많기 때문이다. 같은 형제라도 나이차가
많이 나거나 어떤 사정으로 헤어져 살았다면 그렇게 친근한 느낌이 들지
않는다.

어쨌든 형제는 태어날 때부터 같이 살기 때문에 남끼리 만나 차차 친해지는
과정이 필요없다.

결혼한 부부는 깊은 「연분」으로 맺어진 것 같아도 처음 만났을 때는
남남이었다. 친척이거나 어릴 때부터 친구였던 경우는 예외로 하고 대부분의
남녀가 처음에는 서로 모르는 남으로 만나고, 그 뒤 친해져 결혼하게 되는

것이다.

결혼은 끝이 아니다. 오히려 출발점이라 할 수 있다. 거기서 또 오랜 세월을 겪으며 「연분」이 깊어지고 사랑도 더 깊어지는 것이다.

여우는 왕자에게 서로 「친해지자」고 제안한다. 그러기 위해 먼저 「연분」을 맺을 필요가 있다. 그러나 그것도 쉽게 할 수 있는 일이 아니다.

"참을성이 있어야 해." 여우가 대답했다. "우선 내게서 좀 떨어져서 이렇게 풀숲에 앉아 있어. 난 너를 곁눈질해 볼 거야. 넌 아무 말도 하지 마. 말은 오해의 근원이지. 날마다 넌 조금씩 더 가까이 다가앉을 수 있을 거야……."

여우의 이 말에는 생텍쥐페리의 타고난 기질이 잘 드러난다. 생텍쥐페리는 처음 만난 사람과 그 자리에서 친구가 될 수 있는 타입이 아니었다. 말주변이 없고 사교성이 떨어졌다. 여하튼 어릴 때는 성 밖에 나가지 않았기 때문에 형제 자매 이외에는 친구가 없었다. 친구를 어떻게 만들어야 할지 몰랐다. 즉 아주 낯을 가리는 사람이었을 것이다.

누구를 처음 만나면 얼굴을 언뜻 바라볼 뿐이었다. 그리고 조금씩 아주 조금씩 다가가는 것이다. 친해질 때까지 시간이 걸렸다. 대신 한번 친해진 친구는 아주 소중하게 여긴다. 그것은 낯을 가리기 때문에 친해진 친구를 소중히 할 수밖에 없는 것이다.

그런데 여기에 나오는 여우는 수컷일까, 암컷일까?

여우는 닭과 달라서 겉모습만으로는 수컷인지 암컷인지 구별할 수 없다.

일본어의 경우 여우는 여우다. 명사로 성을 가릴 수 없다.

그러나 프랑스어의 경우 남성명사와 여성명사가 있다. 새를 예로 들면 닭은 보기만 해도 어느 쪽인지 알 수 있기 때문에 수탉(코크)과 암탉(풀)으로 구별이 되고, 공작도 수컷(파옹)과 암컷(파온느)으로 구별한다. 그러나 보기에 구별을 못하는 새는 그 새가 수컷이고 암컷이고 새의 종류에 따라 남성명사이거나 여성명사이다.

참새(므와노)는 남성이고 제비(이롱델)는 여성이다. 꿩(페장)은 남성이지만 메추라기(케이유)는 여성이다. 앵무새(페로케)는 남성이지만 잉꼬(페뤼쉬)는 여성이다. 왜 그렇게 구별하는지는 모르겠지만 이들 새를 대명사로 말할 때는 참새는 「그」, 제비는 「그녀」라 한다.

개(시엠)의 경우 시엔느라는 여성형이 있다. 그러나 개 주인을 빼고 지나가는 개를 보고 수컷인지 암컷인지 구별할 수 있는 사람은 없을 것이다. 독일 셰퍼드나 마스티프, 불도그 등은 어떻게 봐도 수컷이라는 느낌이 들고

코커 스패니얼, 카발리에, 마르티스 등은 암컷이라는 느낌이 든다. 그러나
다 묶어서 개는 일단 남성명사를 쓰고 대명사도 「그」라고 쓰는 것이 보통이다.
여우(르나르)의 경우도 마찬가지로 암여우(르나르드)라는 말이 있지만 동화에
나오는 심술궂은 암여우를 제외하고는 일단 남성명사를 쓴다.

『어린 왕자』에 나오는 여우도 「르나르」이기 때문에 남성명사이지만 참새나
앵무새처럼 수컷인지 암컷인지는 특정되지 않았다고 생각해도 된다.

그러나 곤란하게도 일본어의 경우 여우는 여우지만 이 여우가 일단 말을 하면
성별이 결정된다. 일본어는 하는 말에 따라 바로 남녀를 구별할 수 있다.

나이토 아로 씨의 번역으로는 여우의 1인칭은 「오레(남자가 자신을 가리키는
말)」로 되어 있기 때문에 수컷임에 분명하다. 동북지방의 한 지역에서는 여자도
「오레」라고 하지만.

나는 되도록 성별을 규정짓지 않기 위해 「나」라는 1인칭을 썼다. 어린 왕자와
여우는 「친구」가 되기 때문에 남자든 여자든 상관이 없지만, 생텍쥐페리 자신의
생활을 들여다보면 남자 친구들은 조종사 동료나 작가들이었고, 주로 일 때문에
만난 사람이 많았던 것 같다.

전혀 모르는 사람과 조금씩 친해지는 경우는 대부분 여자 친구가 아니었을까.
살롱 주최자의 딸이나 여배우, 저널리스트 등 생텍쥐페리에게는 몇 명의 소중한

여자 「친구」가 있었다. 여우를 그렸을 때 생텍쥐페리의 가슴속에는 그런 소중한
「친구」의 이미지가 있지 않았을까.

그리고 다음 부분을 읽으면 거의 연애에 가까운 감정을 그린 게 아닐까 하는
생각마저 든다.

> "언제나 같은 시각에 오는 게 더 좋을 거야." 여우가 말했다. "이를테면,
> 네가 오후 네 시에 온다면 난 세 시부터 행복해지기 시작할 거야. 시간이
> 갈수록 난 점점 더 행복해지겠지. 네 시에는 흥분해서 안절부절못할 거야.
> 그래서 행복이 얼마나 값진 것인지 알게 되겠지! 아무 때나 오면 몇 시에
> 마음을 곱게 단장해야 하는지 모르잖아. 의식이 필요하거든."

이 마지막 부분에 나오는 「의식」이라는 말은 프랑스어로 「리트」라고 하는데
관습·의식·전례라는 뜻이 있다. 우정이나 연애를 키우기 위해 관습이나
의식이 필요하다는 것은 약간 이상한 느낌이 들지만 이것은 하나의 진리가
아닐까.

정해진 의식을 되풀이함으로써 발전하는 것도 있다. 조종사 동료와의 우정이
깊어진 것도 정기편의 인수나 정비를 통해 정해진 관행을 쌓아갔기 때문일

것이다. 여자 친구와의 관계도 여우의 말처럼 오랜 시간을 거쳐 발전한
생텍쥐페리 자신의 경험에서 나온 것이 아닐까.

어린 왕자와 여우의 관계에서 왕자와 꽃의 관계가 해명되듯이 생텍쥐페리는
우정과 연애 사이에 어떤 차이도 두지 않았다. 우정이 더 깊어지고 끊으려 해도
끊을 수 없는 「연분」이 생겼을 때 최고의 사랑이 이루어진다는 말이다. 그래서
연애의 과정에서도 관례나 의식이 필요한 것이다.

그런데 의식이라고 하면 결혼생활이 떠오른다.

연애로 인해 생긴 「연분」이 더 깊어지면 거기에는 「결혼」이라는 의식이
기다리고 있다.

생텍쥐페리와 콩쉬엘로는 여동생이 살고 있는 아게 성에서 결혼식을 올렸다.
니스 시청에 혼인신고도 했다. 보통 부부라면 거기서부터 결혼생활이라는
일종의 의식을 일상의 관습으로 지속하게 된다.

유감스럽게도 콩쉬엘로는 관습이나 의식에 조금도 구애받지 않는 여성이었고,
생텍쥐페리 역시 넓은 하늘에 대한 동경심이 컸고 결혼생활에 얽매이지 않았다.
여우가 말하듯이 사랑이란 아름답게 말하면 「연분」이고 솔직히 말해 「끈」이나
「속박」이라면 생텍쥐페리 부부는 사랑과 동떨어진 삶을 살았다고 할 수 있다.

그런 만큼 여우의 독백은 아주 절실하다. 생텍쥐페리는 자신의 결혼생활에

「연분」이 없었다. 즉 「사랑」이 없었다는 것을 반성하는 뜻에서 이 말을 한 것이다.

『어린 왕자』를 쓰고 있을 때 생텍쥐페리 부부는 10년 이상 거의 별거에 가까운 결혼생활에서 드물게 같은 저택에 살고 있었다. 콩쉬엘로는 밤마다 연회를 열고 생텍쥐페리도 살롱에 참석했다.

그의 친구의 증언에 따르면 생텍쥐페리는 아주 제멋대로 구는 사람이었고 한밤중에 콩쉬엘로를 큰소리로 깨우고 야식을 만들게 하기도 했다고 한다.

그러나 거기에 사랑이 있었을까? 적어도 생텍쥐페리가 『어린 왕자』라는 작품에서 쓰려고 한 「사랑」은 두 사람의 결혼생활에는 없지 않았을까 하는 생각이 든다. 사랑이 없었기 때문에 그는 상상의 세계에서 현실 속에서는 절대로 존재하지 않는 사랑의 이데아를 추구한 것이 아니었을까?

연회 때문에 지칠 대로 지친 생텍쥐페리는 몸에 채찍질을 하여 방에서 나가지 않고 집필을 계속했다. 그리고 바로 옆방에 있을지 모르는 아내가 아니라 10년 전에 처음 만난 그녀의 옛 모습을 그리워하면서 『어린 왕자』에 나오는 「꽃」의 캐릭터를 그리고 있었다.

어린 왕자와 여우는 시간과 뜸을 들이면서 날마다 조금씩 친해졌다. 그리고 「연분」을 맺고 「정들이는」 일에 성공했다.

그것은 우정이라 해도 좋고 사랑이라 해도 좋은 관계다.

그러나 「연분」을 맺고 나면 이별이 괴로울 수도 있다. 어린 왕자는 언제까지나

여우 곁에 있을 수 없었다. 고향 혹성에 돌아갈 시간이 다가왔다. 여기에서

여우와 왕자의 대화를 살펴 보자.

"아아! 눈물이 나올 것만 같아."

"그건 네 잘못이야. 나는 네 마음을 아프게 하고 싶지 않았어. 하지만

「정드는」 걸 원했잖아……." 어린 왕자가 말했다.

"그건 그래." 여우가 말했다.

"그러니 넌 아무것도 얻은 게 없잖아!"

"소중한 것을 얻었지. 밀밭의 색깔 때문에 말야." 여우가 말했다.

여우와의 이별이 다가온다. 여우는 어린 왕자에게 다시 한번 5천 송이의

장미꽃이 핀 정원에 갈 것을 권유한다. 그리고 돌아오면 "한 가지 비밀을

선물해 줄게"라고 말한다.

어린 왕자는 정원에 가서 5천 송이의 장미꽃을 바라본다. 장미꽃은 고향 혹성에

있는 꽃과 아주 비슷하게 생겼다. 그러나 고향의 꽃과 다르다. 혹성의 꽃과는

「연분」이 있지만 눈앞에 있는 장미꽃은 그냥 장미꽃에 지나지 않는다.

10만 마리의 여우 가운데 단 한 마리의 여우가 특별한 존재가 된 것처럼 온 세계의 꽃들 가운데 단 한 송이의 꽃과 어린 왕자는 「연분」을 맺은 것이다.

이것이 바로 연애다.

어린 왕자는 장미꽃을 향해 다음과 같이 말한다.

> "너희는 아름답지만 텅 비어 있어." 그가 계속 말했다. "누가 너희를 위해 죽을 수 없을 테니까. 물론 나의 꽃은 지나가는 사람들에겐 너희와 똑같이 생긴 것으로 보이겠지. 하지만 그 꽃 한 송이가 내게는 너희 모두보다도 더 소중해. 내가 그에게 물을 주었기 때문이지. 내가 바람막이로 보호해 준 것은 그 꽃이기 때문이지. 내가 벌레를 잡아 준 것(나비 때문에 두세 마리 남겨둔 것말고)도 그 꽃이기 때문이지. 불평하거나 자랑을 늘어놓는 것을, 또 때로는 말 없이 침묵을 지키는 것을 내가 귀기울여 들어 준 것도 그 꽃이기 때문이지. 그건 내 꽃이기 때문이지."

어린 왕자는 자신이 고향 꽃만을 사랑한다는 것을 확신했다. 그리고 여우에게 간다. 드디어 여우가 「비밀」을 밝히는 순간이다.

이 부분이 『어린 왕자』의 클라이맥스라 할 수 있을 것이다. 그 다음에 뱀이
수수께끼를 푸는 장면이 남아 있지만 뱀이 가져다 준 수수께끼는 영원히
수수께끼로 남는다.

한편 여우의 「비밀」은 명확한 말로 독자 앞에 제시된다.

"안녕." 어린 왕자가 말했다.

"안녕." 여우가 말했다. "내 비밀은 이런 거야. 그것은 아주 단순하지.
오로지 마음으로만 보아야 잘 보인다는 거야. 가장 중요한 건 눈에 보이지
않는단다."

"가장 중요한 건 눈에 보이지 않는단다." 잘 기억하기 위해 어린 왕자가
되뇌었다.

"너의 장미꽃을 그토록 소중하게 만드는 건 그 꽃을 위해 네가 소비한 그
시간 때문이야."

"…… 내가 내 장미꽃을 위해 소비한 시간 때문이란다……." 잘 기억하기
위해 어린 왕자가 다시 말했다.

"사람들은 그 진리를 잊어버렸어." 여우가 말했다. "하지만 넌 그걸 잊으면
안 돼. 너는 너에게 「정든」 것에 언제까지나 책임이 있지. 너는 네 장미꽃에

책임이 있어……."

"나는 내 장미꽃에 대해 책임이 있어……." 잘 기억하기 위해 어린 왕자는
되뇌었다.

이것이 여우가 제시한 「비밀」이다.

중요한 것은 감춰져 있다.

소비한 시간에서 사랑이 싹튼다.

사랑에는 책임이 따른다.

아주 대단한 말이라 생각한다. 왜냐하면 이 말은 바로 이것을 쓴 작가 자신에게
되돌아가기 때문이다. 물론 예리한 말의 가시가 되어 독자들 가슴도 찌를
것이다.

그리고 아마 이 말은 내가 쓰는 이 책을 읽는 독자들의 가슴에도 새겨질 것이다.

사랑이 「속박」인 것은 서로에게 책임을 져야 하기 때문이다. 사랑은 상대방의
자유를 빼앗고 자신의 자유도 빼앗긴다. 그래서 깊은 「연분」으로 맺어지는
것이다.

다만 이것은 이상이다. 이 말을 쓰면서 이상과는 동떨어진 현실생활을
되돌아보고 생텍쥐페리는 큰 상처를 입었을 것이다.

사막 한가운데에 있는 중계기지에서 최초의 장편소설을 썼을 때 생텍쥐페리는

머나먼 과거가 되어 버린 소년 시절을 그리워하면서 아름다운 고향을 그리고,

또 실현 불가능한 사랑의 이야기를 그리면서 사랑의 이상을 제시한다.

지금 또 그는 사막과 같은 곳에서 이상에 대해 이야기하려 한다.

뉴욕이라는 대도시, 스무 개가 넘는 방이 있다. 대저택에서 아내 콩쉬엘로를

비롯한 많은 사람에 둘러싸여 있으면서도 생텍쥐페리는 사막 한가운데에서

조난당했을 때와 같은 고독감에 시달린다.

사랑에는 책임이 따른다.

그러나 생텍쥐페리는 자신이 책임을 다하지 못한다는 것을 잘 알고 있다.

『어린 왕자』를 다 쓰면 그는 다시 조종사로 돌아가고 전쟁터에 나갈 것이다.

왜냐하면 그는 이제 아내를 사랑할 수 없게 되었기 때문이다.

왜 그렇게 되었을까? 서로를 「구속」할 일을 피하고 결혼이라는 의식을 끝낸

뒤에도 두 사람은 너무나 자유롭게 살아왔기 때문이다.

소비한 시간에서 사랑이 싹튼다.

그런데 생텍쥐페리도 콩쉬엘로도 상대방을 위해 시간을 소비하는 일을 소홀히

해왔다. 상대방을 위해 소비해야 할 시간을 자신을 위해 소비하고, 소비할

시간을 갖지 못한 채 이제 돌이킬 수 없을 만큼 멀리 와버렸다.

생텍쥐페리에게는 작가로서도, 또 조종사로서도 해야 할 일이 많았다. 여우의 독백을 쓰면서 생텍쥐페리는 얼마 남지 않은 인생에 대해 생각하고, 아내를 위해 더 이상 시간을 낭비할 수 없다는 걸 뼈저리게 느꼈을 것이다.

사랑은 신기루 같은 것이다. 손에 닿지 않기 때문에 아름다워 보인다. 그렇다고 허풍으로 지어낸 말에는 설득력이 없다. 많이 가슴 아파하고 마음속에서 솟아오르는 깊은 눈물로 애써 쓴 말만을 독자들은 감명깊게 받아들인다.

『어린 왕자』 속에 나오는 말들이 바로 그런 말이다.

이제 우리는 『어린 왕자』의 「비밀」을 알게 되었다. 그러나 여우가 남긴 「비밀」 가운데 수수께끼로 남은 말이 또 하나 있다.

중요한 것은 감춰져 있다.

그 숨어 있는 것이란 무엇일까? 다음의 제7장에서는 「어린 왕자의 철학」에 대해 생각해 보려 한다.

7
어린 왕자의 철학은 무엇일까

중요한 것은 눈에 보이지 않는다.

눈에 보이지 않는 중요한 것이란 무엇일까.

이 책을 여기까지 읽은 독자라면 그 답을 알 것이다.

「사랑의 이데아」.

말로 하면 쉽다. 그러나 사랑의 이데아란 무엇인가. 물론 구체적인 형태로

제시할 수 없기 때문에 이데아라 한다. 우리가 보고 있는 현실세계는 이데아의

그림자에 지나지 않는다고 플라톤은 생각했다. 그림자가 아니라 그림자의

근거가 되는 실체를 보려 하면 눈이 먼다. 이데아의 세계는 너무나 눈부시다.

눈으로 볼 수 없고 형태로도 나타낼 수 없는 사랑의 이데아를 표현하기 위해

생텍쥐페리는 도달 불가능한 이야기를 그렸다. 그것이 『남방 우편기』다.

눈부신 소년 시절과 넓은 하늘을 향해 날아가는 비행기. 어느 쪽도 도달이

불가능한 환상이다. 신기루와 같은 환상 속에 가난 때문에 좌절한 사랑의
이야기를 그림으로써 현실에 있지도 않은 사랑의 이상을 표현하려 했다.

이데아 그 자체는 그리지 못해도 이데아의 방향성을 제시할 수는 있다. 윤기가
나는 널빤지 마루 위에서밖에 성립하지 않는 현실의 사랑. 거기서 아득히 먼
저쪽에 이데아의 사랑이 있다.

생텍쥐페리는 콩쉬엘로를 아게 성에 데리고 가 거기서 결혼식을 올렸다. 니스의
호텔에서 즐기고 그 뒤에도 파리의 호텔에서, 또 뉴욕의 대저택에서 사치스러운
생활을 했다. 아마 호텔의 다이닝룸도 대저택의 마루도 반짝반짝 빛이 날 만큼
잘 닦였거나 또는 폭신폭신한 카펫이 구석까지 깔려 있었을 것이다.

그런 곳에 이데아는 존재하지 않는다.

그러면 어디에 있을까? 『남방 우편기』에서는 이데아 세계로의 도달이 불가능해
방향만 제시했지만 『어린 왕자』에서는 그 세계에 한 걸음 다가가서 말로 그
세계를 그려내려 했다. 아주 위대한 착상이다.

이런 시도를 성공시킨 사람은 아무도 없다.

옛날 사람은 『신약 성서』 속에서 그런 환상을 보았다. 또는 근대에 들어 어떤
사람은 칼 마르크스의 저서 속에서 그런 종류의 환상을 봤을지도 모른다.

적어도 20세기에 『어린 왕자』라는 작품이 성경책이나 마르크스 책만큼 팔렸고,

많은 사람은 성서처럼 가까이 하고 사랑했다. 그 까닭은 이 작품 속에

기독교와도 마르크스주의와도 다른 종교적이라 할 수 있는 이념이 그려져 있기

때문이다.

다만 이데아의 세계는 드러나지 않는다.

마음을 열고 어린 왕자의 흔적을 더듬어 보자.

이야기꾼의 비행기가 조난당한 지 여드레째 되는 날이었다. 음료수가 이제

바닥난 날이다. 이야기꾼은 약간 신경질을 내었다(제24장).

　"내 친구 여우는……" 그가 말했다.

　"꼬마 친구야. 여우 이야기를 할 때가 아냐!"

　"왜?"

　"목이 말라 죽게 되었으니까 말야……"

　그는 내 말을 알아듣지 못하고 이렇게 대답했다.

　"죽어 간다 하더라도 한 친구를 가지고 있었다는 건 좋은 일이야. 난 여우

친구가 있었다는 게 기뻐……"

　'위험이 어느 정도인지 짐작을 못하는군' 하고 나는 생각했다. 그는

배고픔도 갈증도 느끼지 않았다. 햇빛만 조금 있으면 그에겐 충분했다.

그런데 그가 나를 바라보더니 내 마음을 안다는 듯 이렇게 대답하는
것이었다.

"나도 목이 말라…… 우물을 찾으러 가……."

나는 소용없다는 몸짓을 했다. 광활한 사막 한가운데에서 무턱대고 우물을
찾아나선다는 건 당치도 않은 짓이었기 때문이다. 그런데도 우리는 목적도
없이 걷기 시작했다.

이 부분은 주의해서 읽어야 한다. 어디로 간다는 것도 없이 걷기 시작한 두
사람은 드디어 우물을 찾았는데, 도대체 이런 일이 현실에서 가능할까. 우연히
우물을 찾았다면 기적 이외의 아무것도 아니다. 동화라고 해서 무슨 일이
일어나도 된다는 것은 아니다. 물론 왕자가 소혹성에서 왔다는 것 자체가 있을
수 없는 일이고 여우가 말을 한다는 것도 자못 동화답지만 여기서 쉽게 우물을
찾는다면 『어린 왕자』의 세계에서 진실성을 잃어버린다.

물론 나는 융통성이 없는 현실주의자가 아니다. 문학 작품 전체에 리얼리즘을
요구하는 것도 아니다.

그러나 이야기를 진행할 때는 진실성이 필요하다고 생각한다. 그렇지 않으면
작가 자신이 말하듯이 "아주 옛날에 한 왕자가 살고 있었습니다. 그 왕자는

자신보다 조금 큰 혹성을 집으로 삼고 있었습니다. 그는 친구를 하나 갖고 싶어했습니다……" (나이토 아로 번역)라고 시작해도 상관없었다.

작가는 왜 모자 이야기부터 시작한 것일까?

말할 것도 없이 그것은 우리가 잘 알고 있는 현실세계에서 이야기를 시작하고 싶었던 것이다.

코끼리를 삼킨 「이무기(보아 구렁이)」 따위는 현실에서 존재하지 않지만 뱀의 겉과 속 그림이라면 있을 수 있다. 그 그림을 어른이 된 뒤에도 간직하고, 처음 만나는 사람에게 보여 주어 어른인지 어린이인지 판정하는 인물도 드물기는 하지만 결코 있을 수 없는 일은 아니다.

조종사가 사막에서 조난당하는 일도 있을 수 없는 일이 아니며 실제로 생텍쥐페리 자신이 두 번씩이나 경험했다.

이렇게 현실적인 이야기에서 시작하여 작가는 우리가 살고 있는 현실세계에서 조금씩 이야기를 진행해 나갔던 것이다.

작가의 의도는 우리를 이데아의 세계로 이끄는 것이다. 우리의 안내원(조종사)은 우리를 현실세계의 끝까지 데려간다. 그 끝의 한 걸음 앞에는 이데아의 세계가 펼쳐져 있다.

세계의 끝이란 어디일까?

물론 여러 곳에 세계의 끝이 있을 것이다. 현실세계에서 갑자기 튼튼한 지반을 잃고 한 걸음 나아가면 지옥의 나락으로 떨어지거나 아니면 천국으로 올라간다. 그런 곳이 우리 바로 곁에 있을지도 모른다.

그런 세계가 어디 있느냐고 의심하는 독자를 위해 몇 가지 예를 들면 전쟁도 그럴 것이고, 또 마약도 그럴 것이다. 아마추어 마라톤 선수는 달리고 있을 때 산소 부족을 일으켜 환상을 본다고 하고, 사이코 이야기에 나오는 이상 심리나 새로운 종교의 세뇌도 그럴 것이다. 물론 문학작품이 가져다주는 감동도 이승의 것이라 할 수 없다.

생텍쥐페리가 제시한 「세계의 끝」은 말할 것도 없이 사막이다.

사막에서 보는 환상세계.

이미 그는 처음으로 다카르를 향해 비행기 시험을 했을 때 조난당하여 사막 한 가운데에 혼자 남겨지는 경험을 했다.

한밤중에 모래밖에 없는 사막 속에 혼자 남겨졌을 때의 기분은 어땠을까?

작가가 그린 맨 마지막 페이지의 그림을 보면 알 수 있다. 색깔이 없는 모래 언덕에 노란 별 하나만 있는 그 그림 말이다.

그림 다음 페이지에 작은 활자로 뒷말처럼 다음과 같은 문장이 쓰여 있다.

이것은 나에게는 이 세상에서 가장 아름답고 그리고 가장 슬픈 풍경이다.

앞 페이지의 것과 같은 풍경이지만 여러분에게 잘 보여주기 위해 다시 한번

그린 것이다. 어린 왕자가 지상에 나타났다 다시 사라진 곳이 여기다.

사하라 사막에서 처음으로 조난당했을 때 생텍쥐페리가 본 것도 이런

풍경이었을 것이다.

아니, 생텍쥐페리가 1년 반씩이나 살던 사막 한가운데의 중계기지에서도

조금만 나가면 이런 사막 풍경이 보였을 것이다.

사막에서는 따로 할 일이 없다. 아마 생텍쥐페리는 머릿속에서 여러 생각을

했을 것이다. 예를 들어 소년 시절의 아름다운 추억 같은 것. 금발머리로

「태양의 왕자」라 불리던 자신의 모습이 떠올랐을 때 잠깐 그 소년이 눈앞에

있는 착각을 일으켰을 때도 있지 않았을까.

그것은 꿈이고 환상이다.

눈을 똑바로 뜨고 눈앞의 현실을 바라보면 거기에는 사막 풍경이 펼쳐진다.

그러나 사막 풍경은 어쩐지 기묘하다. 가만히 바라보다 보면 진짜 풍경이 아닌

듯이 느껴질 때도 있을 것이다. 한순간 눈앞의 사막 풍경이 환상이고

머리릿속에 떠오른 풍경이 진실세계가 아닌가 하는 착각에 사로잡힐 때도

있었을 것이다.

그렇기 때문에 생텍쥐페리에게 어린 왕자의 등장은 결코 꿈 이야기가 아니다.
왕자는 명확히 존재했다.

눈앞의 사막을 바라보면 안 된다. 눈으로 보는 것이 아니라 마음으로 봐야 한다.
그러면 당신의 마음속에 있는 어린 왕자가 눈앞에 나타날 것이다.

이렇게 말하면 너무나 관념적이라고 고개를 젓는 독자도 있을 것이다. 이런
융통성 없는 현실주의자를 위해 다른 식으로 말해 보겠다.

『어린 왕자』는 실제 이야기를 바탕으로 썼다. 시작 부분의 이야기꾼이 여섯 살
때 모자 그림을 그렸다는 이야기는 현실에도 있을 수 있는 일이다. 그 소년이
나중에 조종사가 되고 사하라 사막에 불시착했다. 이것도 있을 수 있는 일이다.
기아와 갈증으로 정신적·육체적으로 혼미한 조종사 앞에 어린 왕자가
나타난다. 이것은 죽기 일보 직전의 상태에 이른 사람이 환각을 일으킨
것이라고 생각하면 된다. 극한상황에 빠진 사람이 환각을 일으킨다는 것 역시
충분히 있을 수 있는 일이다.

거기에서부터 앞에 나오는 왕자의 고향 혹성 이야기나 별에서 별로 여행을
떠나는 이야기는 모두 환각 속에서 만들어진 것들이다. 그리고 왕자와 조종사가
우물을 찾으러 가는 것도 물론 꿈이다. 꿈이기 때문에 바로 우물을 찾는데도

이상하지 않다.

그러나 이런 설명과 해석은 이야기를 재미없게 만들어 버린다. 무엇이 현실이며 무엇이 꿈인가 하는 것은 중요하지 않다.

우리가 보고 있는 현실은 이데아 세계의 그림자에 지나지 않는다는 플라톤의 말에 따르면 이데아의 세계만이 진실이고, 우리가 현실이라 생각하는 것은 모두 환상에 지나지 않는다.

이렇게 한번 생각해 보자. 나는 이미 50년씩이나 살아왔지만 실제로 아직 이 세상에 태어나지 않았을지도 모른다. 50년 동안 일어난 일들은 다 어머니 뱃속에서 태아가 꾸고 있는 긴 꿈인지도 모른다.

또는 지금 나는 죽어가고 있고 이승과 저승의 경계에서 지나온 생을 돌아보는 것인지도 모른다.

아니면 10대 초반의 소년이고 지금 막 『어린 왕자』를 다 읽고 감동받아 가슴을 떨면서 언젠가 이 감동을 다른 사람에게도 전해 주고 싶다. 작가가 되고 싶다고 기도한 뒤 잠들어 작가가 된 꿈을 꾸었는지도 모른다.

지금 당신이 이 책을 읽었다는 것도 환상인지 모른다. 같은 식으로 지금 내가 이 책을 쓰고 있다는 것도 환상일 수 있다. 그러나 나는 아주 만족스러운 기분으로 이 글을 쓰고 있다. 이 만족감은 독자인 여러분에게도 전해졌다고 믿는다.

이 순간 나도, 독자 여러분도 이데아의 세계를 엿보는 것이다.

그리 많지는 않지만 인생을 살아가면서 영혼이 떨리는 순간이 있다.

우리 인생은 『어린 왕자』에 나오는 여우의 생활처럼 대체로 단조롭다. 그러나 때로는 꿈인가 할 만큼 빛나는 순간도 있다. 꿈인가 하는 순간이 진실이라면 우리 일상은 신기루처럼 실체가 없는 것인지도 모른다.

작가인 나에게 꿈인가 할 만큼 빛나는 순간은 (정말로 그리 많지는 않지만) 좋은 글을 썼을 때다. 작가가 되려고 생각한 것은 역시 좋은 작품을 읽었기 때문이며, 그런 작품을 읽을 때도 인생에서 빛나는 순간이라 생각한다.

그런 책을 읽었을 때, 또는 스스로 좋은 글을 썼다고 느낄 때 만족감은 바로 꿈과 같다. 그러나 언젠가는 책을 덮어야 하고 일도 단락을 지어야 한다.

나에게도 일상생활이 있다. 밥도 먹고 방도 정리하고 강아지의 머리도 어루만져 준다.

꿈과 일상. 어느 쪽도 치우침없이 소중하다. 어느 한 쪽이 환상이고 다른 한 쪽이 현실이라고 쉽게 단정할 수 없다. 과연 흔치 않은 일이라고 영혼이 떨리는 순간만이 진실이고 날마다 보내는 일상생활은 그냥 환상이라 생각할 수도 있다. 사막 속 중계기지에서 『남방 우편기』를 쓰던 생텍쥐페리의 경우 자신이 쓰는 작품 세계가 진실이고 눈앞의 사막 풍경은 환상에 지나지 않는다.

같은 식으로 『어린 왕자』를 쓰는 생텍쥐페리에게는 어린 왕자가 있는 풍경이 진실이고 콩쉬엘로가 있는 대저택이나 그 주변에 펼쳐진 뉴욕의 풍경은 모두 환상인 것이다.

눈에 보이는 풍경이 아니라 마음속에 펼쳐지는 이야기. 그것이 『어린 왕자』다. 그렇게 생각하면 왕자와 조종사가 바로 우물을 찾아내는 장면에도 진실성이 생기는 것 같다. 왜냐하면 두 사람은 우물을 찾아 걸어가면서 마음속에 우물이 있는 풍경을 상상했다. 그렇기 때문에 우물이 눈앞에 나타난 것이다. 이것은 환상 속의 우물인지도 모른다. 그러나 환상 속에서는 그 우물이 진실이다.

> 몇 시간 동안을 말 없이 걷고 나니 어둠이 내리고 별들이 불을 밝히기 시작했다. 갈증 때문에 나는 열이 조금 났으므로 그 별들이 마치 꿈속에서처럼 시야에 들어왔다. 어린 왕자의 말이 내 기억 속에서 춤을 추었다.
>
> "너도 목이 마르니?" 내가 물었다.
>
> 하지만 그는 내 질문에 대답하지 않고 그저 이렇게만 말했다.
>
> "물은 마음에도 좋은 것일 수 있는데……."

나는 그의 대답을 이해하지 못했으나 잠자코 있었다……. 그에게

질문해서는 안 된다는 것을 나는 알고 있었다.

왕자의 말은 수수께끼 같다. 이런 수수께끼는 수수께끼 상태로 남기는 것이

가장 좋다고 생각한다.

그러나 조금이라도 이해하지 못하는 부분이 있으면 재미없다는 현실주의적인

독자를 위해 안하니만 못한 설명을 한다.

어린 왕자는 조종사의 마음속에 존재한다. 그래서 왕자 자신은 물을 안 마셔도

아무런 문제가 없지만 조종사가 죽으면 왕자의 존재도 없어진다.

조종사의 마음속에는 왕자도 있지만 물을 마시고 싶다는 욕구도 분명히 있다.

물을 마시고 싶다는 욕구가 너무나 강해지면 왕자가 어떻게 되든 상관없어질

것이다. 그래서 왕자도 물의 필요성을 인정하고 두 사람은 함께 물을 찾으러 간

것이다.

인간은 물을 원한다. 이것은 진실이다.

적어도 돈을 벌어야 한다거나 시간에 쫓기거나 명예를 얻으려는 일보다 물을

원한다는 것이 더 진실한 욕구일 것이다.

마음의 갈증을 가라앉히기 위해서도 물이 필요하다.

그리고 또 하나, 「물」에 숨은 중대한 의미가 있다. 고향 별에서 왕자는 꽃에 물을 줬다. 물을 주고받는 일은 사랑을 키우는 상징적인 행위다. 여기에 나오는 물은 그냥 단순한 물이 아니다. 「정」을 키우는 물이다.

그래서 두 사람이 발견한 것도 그냥 물이 아니다. 마음에 깊이 스며 들어가는 진실의 우물이다.

우리가 도달한 우물은 사하라의 우물과는 달랐다. 사하라의 우물은 그저 모래 둔덕에 파놓은 구멍 같은 것이었다. 이 우물은 마을 우물과 흡사했다. 그러나 그곳엔 마을이라곤 없었다. 그리하여 나는 꿈을 꾸는 게 아닌가 싶었다.

"이상하군." 내가 어린 왕자에게 말했다. "모든 게 갖춰져 있잖아. 도르래, 물통, 밧줄……."

그는 웃으며 줄을 잡고 도르래를 잡아당겼다. 그러자 도르래는 바람이 오랫동안 잠을 자고 있을 때 낡은 풍차가 삐걱거리듯 그렇게 삐걱거렸다.

"들리지." 어린 왕자가 말했다. "우리가 잠에서 깨어나게 하자. 이 우물이 노래를 하잖아."

이것은 조종사의 마음속의 우물이다. 그렇기 때문에 도르래와 물통 · 밧줄이

갖추어져 있는 것은 당연하다. 조종사가 물을 푸면 왕자는 눈을 감고 물을

마신다. 눈으로 보는 것이 아니라 마음으로 물을 맛보는 것이다. 조종사의

마음속 우물에서 길어올린 물이기 때문에 이 물은 조종사에게 받은 선물이다.

왕자는 조종사의 마음을 새기며 차근차근 물을 맛본다.

또 이 우물은 철학의 우물이라 해도 될 것이다. 이 우물을 발견하기 전, 어린

왕자와 조종사는 다음과 같은 대화를 나눈다.

　　　잠시 침묵을 지키던 어린 왕자가 입을 열었다.

　　　"별들은 아름다워. 보이지 않는 한 송이 꽃 때문에⋯⋯."

　　　나는 "그렇지" 하고 대답하고는 말 없이 달빛 아래서 주름처럼 펼쳐진 모래

　　　둔덕을 바라보았다.

　　　"사막은 아름다워." 그가 다시 말했다.

　　　그것은 사실이었다. 나는 언제나 사막을 사랑해 왔다. 사막에서는 모래 둔덕

　　　위에 앉으면 아무것도 보이지 않는다. 아무 소리도 들리지 않는다. 그러나

　　　무엇인가 침묵 속에서 빛나는 것이 있다.

　　　"사막이 아름다운 것은 그것이 어딘가에 샘을 감추고 있기 때문이지⋯⋯."

어린 왕자가 말했다.

이것이 생텍쥐페리의 철학이다. 이 부분에는 작가로서, 조종사로서, 또는 한 인간으로서의 소리 높은 선언이 있다.

중요한 것은 감춰져 있다.

눈으로 보는 것이 아니라 마음으로 봐야 한다.

별을 볼 때 단순히 눈으로 보는 것이 아니라 별 속에 있는 꽃을 찾는 마음으로 바라봐야 한다. 사막을 바라볼 때도 단순히 눈으로 보는 것이 아니라 사막 속에 있는 우물을 찾는 마음으로 바라봐야 한다. 마음으로 본다는 것은 그런 것이다. 정말로 아름다운 별에는 꽃이 있다. 정말로 아름다운 사막은 우물을 감추고 있다. 그러나 그냥 무심하게 바라보기만 하면 꽃도 우물도 보이지 않는다.

중요한 것을 찾는 마음이 필요하다.

이것을 이데아의 세계에 대한 사랑이라 부르기로 한다.

이상을 찾는 마음이 있으면 갑자기 세상이 빛나 보이기 시작한다.

별이나 사막은 한 예에 지나지 않는다. 여러분의 발 밑에 떨어진 돌멩이도 이데아에 대한 사랑이 있으면 보석처럼 빛날 것이다.

생텍쥐페리의 철학이 어디에서 왔는지를 그는 분명히 설명해 주고 있다.

사막의 그 신비로운 빛남이 무엇인가를 나는 문득 깨닫고 흠칫 놀랐다. 어린 시절 나는 해묵은 낡은 집에서 살았다. 그런데 전해오는 이야기에 의하면 그 집에는 보물이 감춰져 있다는 것이다. 물론 그것을 발견한 사람은 아무도 없었고, 그것을 찾으려는 사람도 아마 없었을 것이다. 그런데도 그 보물로 하여 그 집 전체는 매력에 넘쳤다. 우리집은 저 가장 깊숙한 곳에 보물을 감추고 있는 것이었다……

이미 말했지만 생텍쥐페리는 프로방스와 알프스에 있는 오래된 성에서 소년 시절을 지냈다. 「태양의 왕자」라 불린 소년이 얼마나 두근거리는 가슴으로 성 안을 탐험하고 다녔을지 눈에 선하다.

나는 그런 대저택에 살지 못했지만 어느 집에나 무엇인가 비밀이 있지 않을까. 나 역시 날마다 들뜬 마음으로 어린 시절을 지낸 것 같다.

아이들은 곤충이나 자그마한 장난감을 보물처럼 소중히 여긴다. 어른들에게는 그런 것들이 한낱 벌레나 잡동사니에 지나지 않기 때문에 '아이들이란 참 바보 같구나' 하고 생각한다. 그리고 발 밑에 다이아몬드 원석이 떨어져 있어도 그냥 돌멩이로 여기고 주워 보려고도 하지 않는다.

어른들은 벌레 · 잡동사니 · 돌멩이라는 개념에 속아 본질을 보지 못한다.

아이라면 누구나 다 지닌 들뜬 마음. 그것이야말로 이데아에 대한 사랑이다.
즉 개념에 간섭받지 않고 순수하다. 어른이 되어서도 그 순수함을 잃지 않으면
여러분의 주위에서도 빛나는 세계를 볼 수 있을 것이다.

피곤해진 왕자는 잠든다. 잠든 왕자를 안은 이야기꾼인 조종사는 마치 부서지기
쉬운 보물을 안고 있는 기분이 든다. 달빛으로 왕자의 얼굴이 하얗게 빛난다.
더부룩한 금발이 바람에 휘날린다. 그래서 그런지 왕자는 웃는 것처럼 보인다.
그리고 마음속으로 속삭인다.

'이 잠든 어린 왕자가 나를 이토록 감동시키는 것은 꽃 한 송이에 대한 그의
성실성, 그가 잠들었을 때에도 램프의 불꽃처럼 그의 마음속에서 빛나는 한
송이 장미꽃의 모습이야……'

왕자의 성실함과 램프의 불꽃과 같은 빛에 이끌린 이야기꾼인 조종사는 우물에
도착한다. 물론 조종사는 생텍쥐페리 자신이고 안긴 왕자는 소년 시절의
생텍쥐페리다.

작가는 여기서 자신은 이제 되돌아갈 수 없을 만큼 어른이 되어 버렸다고
느낀다. 그렇기 때문에 소년 시절 자신의 모습이 아름답게 빛나 보인다.

본인이 소년 시절의 자기 자신을 안고 있다는 환상적인 장면을 그리면서
생텍쥐페리는 어떤 기분이었을까?

물론 옛날에는 좋았다고 단순히 회고한 것은 아니다. 생텍쥐페리는
조종사로서도 작가로서도 인생에 성공했다고 할 수 있다. 단순히 세상
사람들에게서 평가를 받고 수입을 얻은 것 뿐만 아니라 자신의 일에 대해
사명감을 느끼고 그에 대한 만족감도 느꼈을 것이다.

다만 연애에서만은 생텍쥐페리의 인생은 본의 아니게 만족스럽지 못했을
것이다.

아마 소년 시절의 생텍쥐페리에게는 로맨틱한 것에 대한 동경이 있었고, 그것이
나중에 첫사랑이 되고 귀족의 딸과 약혼하는 데까지 이르렀다고 생각된다.

그러나 생텍쥐페리는 『남방 우편기』에서 연애의 좌절을 그렸다. 이 작품에는
현실에 대한 고뇌에 가득 찬 절망과 이데아적인 것에 대한 동경이 그려져 있다.

콩쉬엘로와의 결혼생활도 그리 행복한 것이 아니었던 것 같다. 적어도 아내에
대한 사랑보다 넓은 하늘에 대한 동경이 컸을 것이다. 그렇기 때문에
『어린 왕자』를 완성했을 때 생텍쥐페리는 다시 군대에 입대하고 정찰기에 탄 채
영원히 돌아오지 않는 사람이 되고 만 것이다.

현실사회에서 인정받는 일에 만족하면서도 생텍쥐페리는 평생 동안 영원히

연속하는 것, 즉 이데아의 세계에 대한 동경을 잊지 않았다. 그의

철학·사상·인생관도 거기에 집약된다.

『야간 비행』이라는 작품도 단순히 조종사와 지상에서 지시를 내리는 주임의

책임감과 사명감을 그린 작품이 아니라, 인간이란 무엇인가 하는 깊은 물음과

영원히 연속하는 이데아적인 것이 담겨 있기 때문에 많은 독자들에게 감명을

주었을 것이다.

그리고 『어린 왕자』라는 작품은 바로 이데아적인 세계를 독자들 앞에 명확히

제시하려고 쓴 것이다. 눈으로 보이지 않는 것, 숨어 있는 중요한 것은 이데아의

세계다. 바꿔 말하면 영혼이 떨리는 기쁨과 함께 보이는 것, 순수한 아이가

소중히 하는 보물과 같은 이데아 세계를 우리는 이 작품을 읽음으로써 마음속에

비춰볼 수 있는 것이다.

사막은 샘을 감추고 있다고 할 때 「샘」이란 「인생의 이데아」라고도 할 수 있는

폭넓은 뜻이다. 그러나 별에는 눈에 보이지 않는 한 송이의 꽃이 피어 있다고 할

때 「꽃」이란 「사랑의 이데아」에 한정한 것으로 생각된다. 그리고 어린 왕자가

꽃을 위해 고향 별로 돌아가듯 이 작품의 중심 주제도 사랑의 이데아라 생각할

수 있다.

그렇다면 여우가 말하는 세 가지 비밀은 무엇일까? 다음과 같이 바꿔 말할 수

있다.

사랑의 이데아는 감춰져 있다.

사랑의 이데아는 잃어버린 시간에서 생긴다.

사랑의 이데아에는 책임이 따른다.

나는 지금 일상생활 속에서 사용하는 「사랑」이라는 말과 구별하기 위해
플라톤을 인용하고 「사랑의 이데아」라 표현했지만, 예를 들어 권태기에 있는
아내가 남편에게 입버릇처럼 말하는 "나 사랑해?"라고 할 때의 「사랑」이나
"술을 사랑한다" 또는 "일을 사랑한다"고 할 때의 「사랑」은 별도로 하고 이
책에서 내가 테마로 하는 「연애」의 경우에는 따로 이데아라는 말을 쓸 필요가
없다.

『어린 왕자』는 「사랑」에 대해 쓴 작품이다.

눈으로 보이지 않는 감춰진 중요한 것이란 「사랑」이다.

그래서 여기에서는 어린 왕자에게 「사랑」이란 어떤 것이었는지에 대해 생각해
보려 한다.

아주 순진하게 노는 아이들 마음속에는 사랑이란 개념은 물론 사랑의
이데아라는 것도 존재하지 않을 것이다. 오히려 거의 모든 것에 대한 호기심
때문에 눈에 보이는 것이면 무엇이든 즐겁다고 느끼는 것이 아닐까. 본질적인

것은 눈에 보이지 않지만 아이의 순진한 마음은 눈으로 본 순간 동시에 본질도 꿰뚫어 본다.

다만 정말 순진한 아이는 순진함이 얼마나 소중한지도 모르고 자신이 본질을 꿰뚫어 본다는 사실조차 알지 못한다. 자신이 어떤 상태에 있는가 하는 인식도 없기 때문에 순진할 수 있는 것이다.

여우에게서 지적을 받고 처음으로 어린 왕자는 자신과 꽃이 「연분」을 맺었다는 사실을 깨달았다. 자신과 꽃이 서로 「정들어」 있다는 인식을 하게 된 것이다. 즉 「사랑」이라는 것을 스스로 알고 인식한 것이다.

인식은 순진함의 대극에 있는 것이다. 무엇인가를 인식한 순간 이미 그 일에 관해서는 순진함을 잃어버린다. 인식이란 그런 것이다.

그리고 그 인식이 사람을 「죽음」으로 몰아간다.

이제 독자 여러분과 함께 읽은 『어린 왕자』도 마지막 장면에 가까워졌다. 마지막으로 다시 뱀이 등장한다. 모자 모양의 「이무기(보아 구렁이)」가 아니다. 왕자가 지구에 도착했을 때 만난 뱀이다(제17장). 그 부분을 다시 한번 읽어 보자.

"네가 측은해 보이는구나. 무척이나 연약한 몸으로 이 돌멩이투성이의

지구에 있으니. 네 별이 몹시 그리울 때면 언제고 내가 너를 도와줄 수 있을

거야. 난……."

"응! 잘 알았어. 한데 넌 왜 그렇게 언제나 수수께끼 같은 말만 하니?"

"난 그 모든 걸 해결할 수 있어." 뱀이 말했다.

뱀이 수수께끼를 풀어준다고 했지만 그 수수께끼는 영원히 해명되지 않았다.

마지막 장면에서 뱀의 독백이 들리지 않기 때문이다. 왕자와 뱀의 대화는

그랬지만 이야기꾼인 조종사가 조금 떨어진 곳에 있었기 때문에 뱀의 목소리가

들리지 않은 것이다. 그래서 수수께끼의 대답을 알 수 없을 뿐만 아니라 무엇이

수수께끼였는지조차 알 수 없었다.

뭐, 뱀이 하는 말이기 때문에 적당히 거짓말이라고 생각할 수도 있지만, 이

작품은 아주 치밀하게 구성되어 있기 때문에 뱀의 독백에는 명확한 의도가 담겨

있을 거라고 기대한다.

들리지 않은 뱀의 독백 대신 내가 수수께끼를 풀어보려 한다.

이 뱀은 독사다. 그래서 뱀이 풀어준다는 「수수께끼」는 「죽음」과 관계가 있다는

추측이 가능하다.

어린 왕자는 「연분」을 맺고 서로 「정든」 꽃에 대한 「책임」을 다하기 위해

「죽음」을 택함으로써 영혼이 고향 별에 돌아간 것이다(제26장).

어린 왕자의 발목에서 노오란 한 줄기 빛이 반짝했을 뿐이다. 그는 한순간
그대로 서 있었다. 그는 소리치지 않았다. 나무가 쓰러지듯 그는 천천히
쓰러졌다. 모래 때문에 소리조차 들리지 않았다.

이렇게 해서 왕자의 모습은 이 지상에서 사라졌다. 이상하게도 왕자가 쓰러진
모래 위에 유해가 남아 있지 않았다.

왜 유해가 남지 않았을까?

그 부분에 「수수께끼」를 풀 열쇠가 있다.

앞에서 말했지만 수수께끼는 수수께끼로 놔두는 것이 좋을 것 같다. 그러나
여기까지 오면 수수께끼를 풀지 않을 수도 없고, 적어도 독자들 중 융통성이
없는 현실주의자에게는 「과연!」 하고 납득할 수 있는 답이 필요할 것이다. 그런
독자를 위해 감히 내 나름대로의 답을 제시하기로 한다.

『어린 왕자』라는 작품에는 두 가지 무대가 있다.

하나는 리얼리즘으로 쓴 무대다. 처음에 모자 이야기를 할 때부터 사하라
사막에서 비행기가 불시착할 때까지의 이야기는 리얼리즘으로 그려졌다.

그리고 모터를 수리하던 이야기꾼 앞에 "양을 그려 줘!"라는 목소리와 함께

어린 왕자가 나타나는 장면에서는 기아와 갈증으로 정신을 잃은 이야기꾼이 본

환상세계라고 해석할 수 있다. 그것이 제2의 무대다. 이 제2의 무대가

어디까지냐 하면 뱀의 독으로 인해 왕자가 쓰러지는 장면까지라고 할 수 있다.

양에서 시작한 환상 이야기가 뱀으로 끝난다.

이것이 「수수께끼를 푼다」라는 뜻이다.

이야기 속에서 주인공인 왕자가 「죽음」을 당한다. 그것으로 이야기가 끝나면

환상의 세계도 끝난다. 그리고 조종사가 꿈에서 깨어난다. 모두 꿈이었기

때문에 왕자의 유해가 남아 있지 않은 것도 당연하다.

뱀이 "난 그 모든 걸 해결할 수 있어"라고 말한 부분에 주목하기 바란다. 양의

출현에서부터 꽃과의 대화, 왕자가 별에서 별로 떠나는 여행, 그리고 여우가

말한 수수께끼 같은 말, 그리고 사막에 숨어 있던 우물. 그 모든 이야기가

환상이었고, 말하자면 이데아 세계의 이야기였다는 것을 마지막으로 뱀이

해명한 것이다.

하지만 걱정되는 점이 하나 남는다.

이야기의 거의 마지막 부분에서 어린 왕자가 조종사에게 "기계 고장이 어딘지

알아서 다행이네"라고 말하는 부분이 있다. 비행기 수리가 끝난 뒤 조종사는

사막에서 탈출하고 그로부터 6년 뒤 『어린 왕자』의 이야기를 우리에게 들려준다고 설정되어 있기 때문에 이것으로 앞뒤가 맞지만, 잘 생각해 보면 이 부분도 환상 속의 이야기인 것이다.

그렇다면 꿈에서 깨어났더니 고장난 부분이 아직 고쳐지지 않았다고 생각할 수 있다.

그러면 사막에 홀로 남은 조종사는 어떻게 되었을까? 뭐, 그런 것까지 내가 해명할 필요는 없을 것이다. 하여튼 그는 구조되었다. 왜냐하면 그는 6년 뒤 이야기꾼으로 모자 이야기를 시작했으니까.

융통성이 없는 현실주의자에게는 이렇게 말해 주겠다. 아마 기적이 일어났을 거라고. 그래도 납득이 안 가는 사람에게 이 말을 보충해 주겠다. 생텍쥐페리는 리비아 사막에 불시착하고 정비사와 함께 무사히 구출되었다. 동료 앙리 기요메는 눈이 쌓인 안데스의 산 속에 불시착하고 그 역시 무사히 구출되었다. 기적은 자주 일어난다.

8

책을 덮은 뒤에 무엇인가 남는다

『중요한 것은 눈에 보이지 않는다』라는 제목으로 쓰기 시작한 이 책은
제7장으로 일단 끝이다. 쓸 것은 다 썼다고 생각한다.

생텍쥐페리는 연애를 「이상」이라고 말했다. 이에 대해서는 지금까지 독자
여러분에게 충분히 설명하고 전달했다고 생각한다.

이상과 현실은 다르다.

사랑에는 책임이 따른다고 여우에게 말하게 한 생텍쥐페리는 현실세계에서는
아내와 오랫동안 별거생활을 했다. 『어린 왕자』 집필 중 그는 우연히 아내와
저택에서 함께 살았지만 작품을 완성하자 다시 드넓은 하늘에 대한 동경을
떨치지 못하고 1943년 4월, 아프리카 북해안의 모로코에 부임했다.

여기서 그는 공군 조종사로서 다시 교육을 받는다. 옛날 같은 복엽기가 아니다.
라이트닝기라는 최첨단 정찰기다. 속도도 빠르고 계기도 새로웠기 때문에 그의

기술로는 조종할 수 없었다.

최첨단 군용기의 경우 조종사에게도 35세 이하라는 연령제한이 있었지만
공군도 유명 작가의 비행을 광고에 이용하기 위해 그의 입대를 허가했다. 젊은
비행사들 틈에 끼어 받은 훈련은 아주 힘들었던 모양이다. 그는 전처럼
비행훈련 중 착지에 실패하고 비행기를 고장내기도 했지만, 1944년 6월에는
조종사로서의 임무를 맡고 몇 번 정찰비행을 수행했다.

같은 해 7월 31일 생텍쥐페리는 마지막 임무를 다하기 위해 프랑스 남해안으로
향했다. 연합군의 상륙작전 실시 직전이었다. 그것이 마지막 비행이라고
군본부도 본인도 확인하고 이루어진 비행이었다.

44세의 생텍쥐페리는 넓은 하늘을 향해 출발하고 이 지상에서 모습을
감추었다. 어린 왕자와 마찬가지로 유해도 남기지 않은 채.

『어린 왕자』를 다 읽고 책을 덮듯이 생텍쥐페리의 생애를 그린 이야기도 거기서
끝나고 우리도 책을 덮는다.

그러나 책을 덮은 뒤에 무엇인가 남는 느낌이 든다.

책은 그 존재만으로 역할을 다하는 것이 아니다. 책은 읽어야 하는 존재다.
그것은 당연한 일이지만 읽고 나서 책을 덮은 뒤 독자의 가슴속에는 무엇인가
남을 것이다. 그 남은 것에 대해 나는 아직 아무런 말도 하지 않았다.

그냥 책 한 권을 읽기만 하는 것이 아니라 읽고 배운 것을 그 뒤의 인생에 어떻게 살릴 것인지, 그것이 책이 지닌 「본질」 아닐까?

독서는 연애와 비슷하다.

독서란 눈에는 보이지 않는 이데아의 세계를 엿보는 행위를 말한다. 어떻게 보면 독서는 시간 낭비일 수도 있다. 그렇기 때문에 작가와 독자는 깊은 「연분」으로 맺어진다고 할 수 있다. 그리고 독자는 책임을 지닌다. 왜냐하면 독자는 작가에게서 받은 것을 자신의 인생에 비춰 그것을 다음 세대에 이야기해 주어야 하기 때문이다.

나는 『어린 왕자』에 대해 이야기할 뿐만 아니라 『어린 왕자』를 읽음으로써 나 자신의 인생이 어떻게 변했는지를 말해 주어야 한다고 생각한다.

그렇지 않으면 이 책에서 「중요한 것」이 빠져 버린다.

내가 쓴 이 책을 「생텍쥐페리론」 또는 「어린 왕자론」이라고 받아들이면 단지 한 명의 독자에 지나지 않는 나의 인생 따위는 아무 상관이 없을지도 모른다. 사실 여기서부터는 부록이라 생각하면 된다.

내가 『어린 왕자』를 읽은 것은 언제였을까? 정확하게 기억나지는 않지만 분명히 어렸을 때일 것이다. 『남방 우편기』와 『야간 비행』은 중학교 3학년, 그러니까 열다섯 살 때 읽었다.

고등학교 입학식 때 나는 한 소녀를 알았다. 만났다기보다 정확히 말하면
먼 곳에서 우연히 보았다. 흔히 있는 이야기이지만 나는 같은 교실의 한
소녀에게 첫눈에 반한 것이었다.

그러나 나는 그녀에게 말을 걸어 조금씩 친해지는 행동을 할 수 없었다.
생텍쥐페리처럼 성에서 자란 것은 아니지만 심하게 낯을 가리는 편이라 누구와
쉽게 친해질 수 있는 타입의 아이가 아니었던 것이다. 결국 같은 반에 있으면서
그녀와 말을 나눈 적이 한 번도 없었다.

그때부터 나는 소설가가 되고 싶다는 생각을 했다. 생텍쥐페리처럼 나는 밖으로
나가지 않고 혼자 꿈만 꾸는 소년이었기 때문에 사무직 사원이나 트럭 운전사가
맞지 않을 거라 생각했다. 그렇다고 해서 비행기 조종사가 될 능력도 없었기
때문에 작가가 될 수밖에 없다고 생각했다.

고등학교 시절은 여우와 같은 단조로운 나날을 보냈다. 대학 입시를 위해
수험공부밖에 하지 않았다. 나는 점점 학교도 가지 않고 내 방에서 책만 읽었다.
독학으로 프랑스어를 공부하고 『어린 왕자』를 프랑스어로 읽기도 했다. 또 내가
처음으로 작품이란 것을 쓴 것도 이때였다.

그 작품이 나중에 「학생 소설 콩쿠르」에서 가작으로 뽑히고 문예지에
게재되었지만, 그때처럼 계속 생활했더라면 집에 틀어박혀 남들과 의사소통을

할 수 없는 고독한 존재가 되었을 것이다.

거의 1년 정도 학교를 쉬고 나는 다시 학교로 돌아갔다. 그 계기는 앞서 말한 한 소녀가 보낸 온 편지 때문이었다. 그녀와는 한마디도 나눈 적이 없었지만 아마 교실에서 내가 그녀를 쳐다보던 것을 눈치챈 모양이었다. 지금 생각해 보면 방에 갇혀살다시피 하는 내가 마음에 걸려 격려의 편지를 보내 준 것이었던 듯하다.

학교에 다시 나간 뒤로는 날마다 그녀와 「시간 낭비」를 했다. 둘이서 낭비한 시간의 길이로 「연분」을 맺는다는 여우의 가르침을 충실하게 지킨 것이다. 물론 「연분」을 맺으면 책임이 생긴다는 여우의 가르침도 충분히 가슴속에 새겼다. 책임이라는 말이 나와서 말인데 내게는 전부터 마음에 걸리는 것이 있다. 여우의 이 말을 쓴 사람은 당연히 생텍쥐페리다. 그는 「연분」을 맺은 상대에 대해 책임을 져야 하는 것이 이상적이라 생각했을 것이다. 그러나 현실을 들여다보면 그는 아내에 대해 「책임을 다했다」고 할 수 있을까 하는 의문이 남는다.

나는 생텍쥐페리가 아내에게서 도망치듯이 아프리카 북해안의 공군기지로 향했다고밖에 생각되지 않는다.

『어린 왕자』가 베스트셀러가 되어 그가 죽은 뒤에도 그의 아내는 막대한 저작권 사용료를 받았다. 그렇기 때문에 경제적으로는 책임을 다했다고 할 수 있을지 모르지만 그것은 별도의 문제다.

「연분」을 맺은 사람의 곁에 있어 준다, 이것이 「책임」이 아닐까? 어린 왕자는 그 「책임」을 다하기 위해 뱀의 힘을 빌려 고향 별로 돌아갔다. 그러나 거꾸로 생텍쥐페리는 아내 콩쉬엘로를 지상에 남긴 채 혼자 드넓은 하늘을 날아다녔다. 생텍쥐페리에게는 이상과 현실 사이에 큰 거리가 있었다. 그렇다기보다는 현실에 납득이 가지 않는 부분이 있었기 때문에 훨씬 더 아름다운 이상을 쓰려고 노력한 것이다. 그 결과 『어린 왕자』라는 기적과 같은 작품이 탄생한 것이다.

우리가 작품 속에서 배워야 하는 것은 지은이가 안고 있는 현실이 아니라 작품 속에 그려진 이상일 것이다. 나는 독자로서 생텍쥐페리에게서 배운 이상을 실현하려고 노력했다.

물론 나는 생텍쥐페리의 작품만 읽은 것이 아니다. 특히 10대 후반부터 20대에 걸쳐 나는 다양한 문학·철학·종교서와 친해졌다. 그러나 나의 현실적인 인생에 대해 생각하려고 하면 항상 머릿속에 떠오르는 것은 생텍쥐페리의 작품이었다.

특히 강한 이미지로 남아 있는 것은 잘 닦인 널빤지 바닥이다.

우리 앞에는 『남방 우편기』라는 슬픈 작품이 있다. 이상이 현실 앞에서 맥없이
좌절하는 이야기다. 게다가 좌절의 원인은 가난이다. 그까짓 것 사랑만 있으면
얼마든지 극복할 수 있지 않느냐고 한다면 그것은 로맨틱한 사고방식이다.
사랑을 키우는 데 사치성은 필요없지만 적당히 쾌적한 생활을 하기 위해서는
반드시 경제력이 필요하다.

다행히 내 아내는 귀족의 딸이 아니고 광이 나는 널빤지 바닥도 요구하지
않았다. 나는 대학을 졸업하고 작은 편집 프로덕션에 취직해 기업의 광고
만드는 일을 했다. 주간지의 앵커나 르포라이터 일도 했다. 한때는 남들의 세 배
정도 일하고 그에 걸맞는 수입도 올린 적이 있지만 그만큼 많이 피곤해져
정신적으로 위태로워지곤 했다.

그러나 이후에 작가가 되고 쉰 살이 넘은 지금도 아내에게 경제적인 부담을
주지 않기 위해 계속 일해 왔다.

아내를 만난 지 벌써 30여 년이라는 세월이 흘렀다. 그동안 「시간 낭비」를 많이
한 것 같지만 그만큼 아주 깊은 「연분」도 맺었다.

일본 작가의 경우 가정을 돌아보지 않은 채 방탕하고 술을 많이 마시고 너무나
가난한 타입도 많고, 그를 바탕으로 비참한 가정의 모습을 그린 「사소설」이라는
전통 문학도 있지만 나는 그런 작품을 쓰기보다는 가정을 소중히 해야 한다고

생각했다.

생텍쥐페리처럼 가정생활이 불행했기 때문에 명작을 남긴 예도 있지만 나는 작가이기 전에 한 인간으로서, 남편으로서, 그리고 아버지로서 짊어져야 할 책임이 있다고 생각했다. 나에게는 아들이 둘 있지만 둘 다 부끄럽지 않은 성인으로 성장했기 때문에 아버지로서의 책임을 다했다고 생각한다.

아들 이야기가 나와서 말인데 큰아들이 두세 살 때쯤 작은아들이 태어났는데 지금도 가끔 그때가 생각난다.

그때 나는 인생에 어느 정도 지쳐 있었다. 남들보다 세 배 정도 더 일을 하겠다는 의지는 대단했지만 결국에는 「어른스러운 척」하기 위해 다소 무리를 한 것 같다. 정신적으로나 육체적으로도 힘들었던 프로덕션을 그만두고 프리랜서로 일하기 시작했다.

시간적 여유가 생겨 나는 큰아들을 데리고 자주 산책을 나갔다. 육아는 아주 힘든 일이다. 아이가 둘이 되면서 우리 가정은 큰 혼란을 겪었고 아내도 피곤했기 때문에 내가 큰아들을 데리고 나가면 아내도 조금은 쉴 수 있겠다 싶어 그렇게 한 것이었다.

큰아들이 몇 마디씩 말을 할 즈음이었다. 아이는 길가에 핀 이름없는 꽃에도 놀라 소리쳤다. 나비가 날기만 해도 큰소리를 쳤다. 이름을 모르는 것이 있으면 물어보기도 했다. 납득이 안 가는 것이 있으면 왜 그러냐고 끈질기게 묻곤 했다.

그때 나는 『어린 왕자』가 생각났다. 어린 왕자도 조종사와 여우에 대해 같은

질문을 몇 번씩 한다. 마구 질문을 던지고, 그 대답에 대해 순진하게 놀랐다.

아이란 원래 시끄러운 존재지만 같이 있으면 마음이 깨끗해질 때가 있다.

나는 이미 어른이 되었기 때문에 길가의 꽃을 봐도 나비를 봐도 놀라지 않았다.

그러기는커녕 정신적으로 너무나 피곤한 상태였기 때문에 무엇을 봐도

감동하지 않았고 무언가를 하고 싶다는 마음도 없었다.

그래도 길가에 핀 꽃을 보면 아들이 좋아하기 때문에 나도 저절로 꽃이 피어

있지 않을까 두리번거렸다. 그리고 나비가 날 만한 빈터나 공원을 향해

걸어갔다. 그러는 사이에 겨우내 쌓여 녹지 않던 눈이 봄이 되면서 녹아 내리듯

굳어진 내 마음이 조금씩 부드러워지는 것을 느꼈다.

그 당시 나는 인생에 대해 많은 고민을 했다. 열일곱 살 때 쓴 작품이 문예지에

게재되어 작가로 데뷔했다고 생각했지만 그 뒤 대학 시절에 쓴 작품들은 모두

다 게재되지 않았다. 편집부 사람과 연줄이 있어 가져간 작품을 읽어 주기는

했지만 매우 호된 충고와 함께 원고는 되돌아왔다.

그런데도 작가가 되고 싶다는 꿈을 잃지 않았다. 나에게 작가로서 소질이

있다고 자신만만할 수 있는 시기도 아니었다. 한편 어른인 척하고 편집이나

라이터 일을 할 때는 어느 정도 일을 소화할 수 있었지만 그런 일만 하면
문학적인 문장을 쓸 수 없게 되는 것이 아닌가, 아니 이미 쓸 수 없게 된 것은
아닌가 고민하고 있었다.

그래서 결국 회사를 그만두었는데, 아내와 두 아이를 어떻게 먹여살려야 할지
막막했다.

그러나 길가에 핀 작은 꽃을 보며 놀라움에 탄성을 지르는 어린 왕자를 보면서
조금씩 힘이 솟기 시작했다. 그가 위로해 준 덕분에 나는 드디어 장편소설을
쓰기 시작했고, 결국 그 작품으로 작가로서 프로가 되었다.

지금 막 뇌리에 스치는 생각인데 만약 앙투안 드 생텍쥐페리에게 소년 앙투안
2세가 있었다면 어떻게 되었을까? 아이하고만 놀고 제대로 일을 하지
않았을지도 모른다. 실제로 그는 아이를 갖지 못했다. 그렇기 때문에
생텍쥐페리는 소년 시절의 자기 자신과 대화를 나누면서 『어린 왕자』를 끝까지
쓸 수 있었던 것이다.

그것은 그에게도 독자인 우리에게도 다행스럽다면 다행스러운 일이다.

내 경우엔 아이가 있었기 때문에 좋은 작품을 쓸 수 있었다고 생각한 적이
있지만.

나의 어린 왕자인 큰아들은 자라면서 피아노를 배우고 중학교 때에는 그대로

피아노를 계속 할 것인가 아니면 평범하게 수험공부를 할 것인가 고민한

모양이었다. 그 시절의 그를 모델로 나는『딸기 동맹』이라는 소설을 썼다. 이

소설의 일부는 지금 중학교 교과서에 게재되었고, 나의 작품 중에서 가장 큰

인기를 얻었다.

그 큰아들이 지금은 어른이 되었다. 외국에 나가 아직 피아노를 배우고 있지만

국제 콩쿠르에 입상하는 등 아주 열심이다.

큰아들은 프랑스권에서 살고 있는데 그에게 전화를 걸면 가끔 여자친구가

전화를 받는다. 그러면 나는 매우 당황하여 거의 잊어버린 프랑스어로

이야기해야 한다.

실은 이 책을 쓸 때 큰아들이 약혼자를 데리고 귀국했다. 온 집안이 프랑스어로

대화해야 했지만 마침『어린 왕자』를 프랑스어로 다시 읽은 내게는 큰 도움이

되었다.

이번에 실로 30년 만에『어린 왕자』를 다시 읽어 보았다. 나이토 아로 씨의

번역과 원문을 대조하면서 정독했다. 새삼스럽게 깊이 있는 작품이라는 생각이

들었다. 그와 동시에 신기한 기분이 들었다.

나이토 아로 씨가 번역한『어린 왕자』와 호리구치 다이가쿠 씨가 번역한

『남방 우편기』를 내가 읽은 것은 어렸을 때의 일이다. 그 당시엔 연애를 경험한

적도 없고 인생이란 어떤 것인가 하는 것도 전혀 모르던 시절이었다. 그런데도 생텍쥐페리의 작품은 내게 충격이라 해도 지나친 말이 아닐 만큼 감동을 주었다.

지금 아내가 된 소녀를 만난 것도 그 뒤였다. 실제로 연애를 경험하기 전에 생텍쥐페리에게서 「연애 철학」을 전수받은 나는 어린 왕자처럼 꽃과의 사이에 일어난 사소한 일로 가출하는 일 없이 잃어버린 시간을 소중히 하며 책임도 다했다.

내가 지금 어느 정도 만족스러운 일을 할 수 있는 것도 아내 덕분이다. 정말로 작가가 될 수 있을지 불확실하던 젊은 시절부터 아내가 고락을 함께 해주었기 때문에 앞으로도 작가로서 계속 일을 할 수 있을 것 같다. 둘이서 아이를 키운 추억도 서로 공통된 「잃어버린 시간」이고 강한 「연분」이 되었지만, 두 아들이 다 독립하고 신혼 때처럼 둘만이 생활하는 지금 우리는 고등학교 시절로 되돌아간 것처럼 행복한 나날을 보내고 있다.

나는 여우의 충고를 충실하게 지켰다. 지금 내가 누리는 행복과 만족스러운 일은 생텍쥐페리가 가져다준 것이다. 이데아 세계를 그린다는 문학관도 내게 큰 영향을 미친 것이 아닐까 하는 생각이 든다.

지금 쉰을 넘은 나이에 『어린 왕자』를 다시 읽어 보니 작가의 깊은 인생 철학에 새삼스레 감동받는다. 어린 나이에 처음 읽었을 때 보이지 않던 것이 이제서야 보인다. 「아이」에게도 「어른」에게도 보이지 않지만 나이를 먹은 사람에게만 보이는 것이 있다.

그런 뜻에서 『어린 왕자』라는 작품은 아이를 위한 것이 아니라 나 같은 나이의 사람이 읽어야 하는 작품인지도 모르겠다.

그러나 내가 받은 감동과 나름대로의 수수께끼 풀이는 독자 여러분에게 충분히 전해졌다고 생각한다. 『어린 왕자』라는 작품의 깊이를 이해했다면 이 책의 지은이로서 더 없는 행복이다. 아마도 젊은 독자들은 지금까지 느끼던 이상으로 『어린 왕자』의 위대함을 깨닫지 않았을까.

끝내는 글

생텍쥐페리 탄생 100주년을 기념해 책을 쓰지 않겠느냐는 편집자의 제안을

받고 나는 「생텍쥐페리론」과 「어린 왕자론」을 연결해 써보겠다고 대답했다.

특별히 의식하지는 않았지만 내 마음속에는 이전부터 『어린 왕자』에서 배운

것을 젊은 독자들에게 전하고 싶은 욕망이 있었던 것 같다.

여우가 이야기하는 「연애론」뿐 아니라 인생에 관한 많은 철학이 이 작품 곳곳에

깔려 있다. 사막이 우물을 감추고 있듯 우리 일상생활에도 반드시 수많은

다이아몬드와 같은 원석이 곳곳에 흩어져 있다. 그런 것을 조금이라도

독자들에게 전달할 수 있다면 좋겠구나 하는 마음으로 이 책을 썼다.

쓰면서 좋은 책이 될 수 있겠다는 확신이 들었고, 전부터 이런 책을 쓰고 싶어

했구나 하고 느꼈지만, 막상 편집자의 제안이 없었다면 이 책을 쓸 엄두도 내지

못했을 것이다. 편집부의 야마다 요시오 씨에게 감사의 말씀을 드린다.

이 책을 쓰는 데 다음의 책들을 참고했다.

『Le Petit Prince』(생텍쥐페리 지음, 갈리마르)

『어린 왕자』(생텍쥐페리 지음, 나이토 아로 옮김, 이와나미 쇼텐)

『야간 비행』(생텍쥐페리 지음, 호리구치 다이가쿠 옮김, 이와나미 쇼텐)

『어린 왕자의 사람』(야마자키 요이치로 지음, 신초샤)

『어린 왕자의 탄생』(나탈리 데 바리엘 지음, 야마자키 요이치로 옮김, 소겐샤)

어린 왕자는 생텍쥐페리의 고해성사?

"중요한 것은 눈에 보이지 않는다."

언제부터인가 이 말은 참으로 많은 의미를 지닌 채 수시로 우리의 일상에

출몰하고 있다.

어른들은 한 사람을 떠올릴 때 그를 숫자로 이해하려 한다. 그가 사는 집이

얼마인지, 부모의 재산은 어느 정도인지……. 그러나 아이들은 다르다. 순수한

마음으로 사람을 본다. 그 친구의 목소리와 어투는 어떤지, 어떤 색을

좋아하는지…….

이것은 「어린 왕자」 식의 단순한 발상법이다.

그런데, 소비의 사회에 사는 우리도 어느새 생텍쥐페리의 「어른」과 같은

사고방식을 가지게 되었다. 자신의 이성 친구, 연인, 또는 배우자가 한 달에

얼마의 수입을 올리는지, 자신에게 어떤 선물을 해 주었는지 등으로 상대의
사랑을 평가하려 든다. 또 주변의 친구들보다 자신의 형편이 낫지 않으면
속상해 하기도 한다.

한편 어린 왕자는 고향 혹성에서 만난 장미꽃의 언어, 행동 등이 그녀의
인격이라 생각하고 그녀에게 지쳐 버린다. 끝내는 무방비 상태인 장미꽃을 홀로
남겨둔 채 혹성을 떠나고 만다. 그는 혹성을 떠나고 나서야 비로소 장미꽃의
마음을 헤아리게 되고 그녀에 대한 자신의 사랑을 확인한다.

앙투안 드 생텍쥐페리는 어느 쪽에 속하는 사람인가? 20대 청춘 시절에
사랑했던 약혼녀와의 관계가 그의 경제적인 요인, 즉 「눈에 보이는」 이유로
무너져 버렸다. 그녀를 사랑하기에 맺어지고 싶은 마음은 누구보다 강했지만,
단지 「눈에 보이는」 문제 때문에 헤어지게 된 것이다. 말하자면 그는
물질제일주의자의 희생자였던 것이다.

한편 콩쉬엘로와의 결혼생활에 지친 그는 가까운 곳에서 그녀를 사랑하지
못한다. 그래서일까. 애초에 좋아했던 그녀의 사랑스러운 면만을 추억으로
간직한 채 그는 멀리 떠나 버린다. 나중에 콩쉬엘로가 가까이 다가온 적도
있지만, 그는 끝내 그녀를 『어린 왕자』에서 장미꽃으로 등장시킨다.

왜 그랬을까?

1977년 일본 최고 권위의 아쿠타가와 상을 수상하고, 지금은 명문 와세다 대학교에서 강의하고 있는 소설가 미타 마사히로는 생텍쥐페리의 고독한 생애에 주목한다. 소설가끼리의 무슨 이심전심이라도 있는가.

그는 『어린 왕자』에 숨겨져 있는 「마음으로밖에 보이지 않는 세계」를 추적해 들어간다. 주로 생텍쥐페리의 외로운 생애라는 잣대를 가지고서. 그럼, 『어린 왕자』는 이상과 현실이 서로 달랐던 생텍쥐페리의 고해성사였던가?

나는 어떤가. 나도 삶의 또는 세계의 중요한 부분을 의식적이든 무의식적이든 점차 외면하고 있는 것은 아닐까.

한때 나에게는 사랑하는 사람이 있었다. 처음에는 어느 정도 안전거리를 유지하면서, 혼자 그의 얼굴을 떠올리고 또 그와의 대화를 더듬으며 좋아했었다. 마치 여우가 어린 왕자의 방문 몇 시간 전부터 마음의 준비를 하면서 서서히 감정을 고조시키듯 나도 그런 단계를 즐기고 있었던 것이다. 만나기 직전에는 미치도록 마음이 부풀었지만 막상 그를 만나면 아무 생각이 나지 않을 정도로 그를 좋아했다. 헤어져 집에 돌아오면 다음에 만날 약속을 애타게 기다리며 행복했었고……

그러나 가까워지면 가까워질수록 마치 팽팽한 풍선에서 바람이 빠져 나가듯
점점 감정이 생략되더니 어느 순간부터인가 만나고 있어도 가슴이 뛰지 않게
되었다. 상대방에 대한 기대가 커지면서 동시에 실망도 자라났다.

그리고 이별.

아예 그의 얼굴이 보이지 않는 먼 곳으로 나는 떠났다. 이제는 시원해지겠지
하는 생각과 또다른 만남을 기대하는 마음이 절반씩 있었지만, 이게 웬걸,
뜻밖에도 그가 내 마음에서 떠나지 않고 있었다. 오히려 그를 생각하는 마음이
전보다 더 커졌다. 심지어는 이별한 것을 후회하는 등 꽤나 고통스러운 나날을
보내다가 마침내는 그를 만날 결심을 했다.

2년 만에 다시 그를 만났다. 그러나 따뜻하고 친절한 감정은 한동안뿐, 나는
다시 지치기 시작했다. 헤어져 먼 곳에서 느꼈던 간절한 마음은 연기처럼
사라져 버리고 다시 만난 것을 후회하기 시작했다.

그때『중요한 것은 눈에 보이지 않는다』를 만났다. 책을 읽고 우리말로
옮기면서 나는 다시 그 사람을 떠올렸다. 그의 어떤 점을 중요하게 보아야 할지,
그리고 그를 내 마음속에 어떻게 받아들여야 할지에 대하여. 비로소 그가
나에게 미치는 영향에 대해서까지 생각할 수 있게 되었다.

아직까지 충분히 마음으로 볼 수는 없지만 조금씩 자신을 변화시키고 있다.

덕분에 요즘은 그를 새로운 시각으로 바라볼 수 있는 내공이 서서히 쌓이는 것 같아 사뭇 기쁘기까지 하다. 비싼 보석이나 예쁜 드레스처럼 쉽게 눈에 띄는 것을 멀리하고 마음으로만 본다는 것은 지난한 일이겠지만, 그런 삶의 태도는 앞으로 긴긴 인생을 살아가는 데 반드시 도움이 될 것 같다. 몇 년 아니 몇십 년 후, 아마도 나는 행복한 사람이 되어 있지 않을까. 이 책을 우리말로 옮기면서 덤으로 얻은 과외의 소득이다.

다시 한번 "중요한 것은 눈에 보이지 않는다."

「마음으로 보는」 방법을 우리 모두가 가슴으로 받아들였으면 좋겠다. 그러면 생텍쥐페리에게 「눈에 보이지 않는」 큰 선물을 받게 되지 않을까. 마치 이 책의 저자와 내가 그랬던 것처럼.

아직 우리말이 부족한 나에게 선뜻 번역의 기회를 주며 용기를 주신 참솔의 사장님, 인내심으로 원고를 만져주신 편집부 여러분께 감사의 말씀을 드린다.

2001. 7. 29. 장마 속에서

한 유키코

한 유키코

1970년 재일한국인 3세로 태어나 고난(甲南)대학교 영문학과를 졸업할 때까지 일본 고베에서 살았다.
대학 시절 미국의 흑인문학에 주로 관심을 갖고 공부하였으며, 세계의 대학생들과 시사문제를 토론하는 동아리
활동도 열심히 하였다. 1993년 한국인으로서 한국어와 한국 문화를 익히기 위해 홀로 입국하여
이화여자대학교와 연세대학교 어학당에서 우리말을 배웠다. 그 뒤 기업체 등에서 일본어를 강의하였고
에릭양 에이전시를 거쳐 현재 북코스코스에서 에이전트로 일하고 있다.

생택쥐페리가 어린 왕자에 숨겨둔 비밀

중요한 것은 눈에 보이지 않는다

펴낸날 2001년 8월 20일 1판 1쇄

지은이 미타 마사히로
옮긴이 한 유키코
펴낸이 김혜숙

펴낸곳 도서출판 참솔 ι **등록번호** 제8-244호 ι **등록일** 1998년 5월 13일
주소 121-718 서울시 마포구 공덕동 404 풍림VIP텔 521호
대표전화 3273-6323 ι **팩시밀리** 3273-6329 ι **e-mail** salamand @ unitel. co. kr
값 7,000원 ι **ISBN** 89-88430-19-0 03830